KB262519

범우문고 163

책이 좋아 책하고 사네

윤형두 지음

범우사

차례

책 속에 묻힌 책 이야기

　사람 그 자체가 수필가인 분들이 가끔 있다. 수필가 윤형두도 그런 드문 예에 속한다. 수필집《사노라면 잊을 날이》,《넓고 넓은 바닷가에》,《아버지의 산 어머니의 바다》,《잠보 잠보 안녕》등에 나타난 그의 산문세계는 해박한 교양을 바탕한 평이한 문체로 누구나 편안하게 친숙할 수 있는 흡인력을 지니고 있다. 여기에다 한국 수필문학에서는 보기 드문 한 가지 강점을 그는 어느 글에서나 볼 수 있는데, 그것은 바로 우리 현실과 사회, 민족과 역사에 대한 건전한 비판의식이다. 그의 글에서는 미학적인 순수주의에 못지않는 건전한 비판의식이 척추를 이루고 있어 독자로 하여금 감성만이 아닌 지성적인 접근 자세를 만들도록 한다.

　수필을 쓰면서도 정작 수필가다운 삶과는 거리가 느

껴지는 분들이 많은데, 윤형두는 천상 수필가라고 부르는 사연인즉 그의 글이 지닌 건전한 비판의식과 풍요한 교양 때문이다. 사석에 함께 하노라면 그의 해박한 풍모는 한결 돋보여 '아, 이분은 천상 수필가구나.' 하는 경이로움이 생기는데, 바로 이 재미스러움의 바닥에는 그의 잠재력이 스며 있는데 그게 저간에 이룩한 다방면에 걸친 인간 윤형두의 업적으로 분출된다.

한 인간이 얼마나 여러 가지 일을 해낼 수 있느냐는 능력을 시험이라도 하듯이 그는 명색이 출판인이면서도 거기에 만족하지 않고 이를 학문적으로 체계화시키는 데 앞장 서서 한국에서 출판유통론을 궤도에 오르도록 만들었다. 여기서 한 걸음 나아가 고서 수집에 일가견을 이뤄 지금은 객관적인 감정의 수준을 넘어 국내 권위자의 반열에 들 정도이다.

말하자면 '책'에 대한 종합적인 접근을 시도한 출판인 수필가가 바로 윤형두가 아닌가 싶다. 보통 출판인들은 자신이 남의 책을 만들어주는 데 만족을 느끼는데 그는 여기에서 그치지 않고 자신이 엄청난 독서가인데다 책 수집가와 제작자이자 보급·유통의 이론과 집행자인지라 책의 총체적 이해, 비판, 실천가인 셈이다.

이 책은 바로 출판인이자 수필가 윤형두가 책을 읽고, 구하고, 보관하며, 만들어 보급하는 도서의 총체적인 면을 보여주는 글을 모은 것이다. 그는 여기서 책과 인연을 맺게 된 사연부터 수서蒐書의 재미, 열정적으로 책 만들기, 그리고 마지막의 만들어진 책 보급 등에 얽힌 사연들을 자신의 체험 속에서 뽑아내어 수필, 단상, 만필, 회상 등의 다양한 형식으로 풀어 펼쳐준다. 예의 그 풍성한 교양과 삶의 예지를 섭취할 수 있는 묶음들이다.

먼저 윤형두는 책을 읽는 인생의 족적을 여러 편에서 회상조로 재현해준다. 한글도 모른 체 맞은 해방과 일본으로부터의 귀국, 교과서도 제대로 없었던 시대, 여순사건, 가난, 역경 속에서 그는 대본점을 이용하여 당시 나온 모든 책들을 두루 읽었다. 이 남독의 시대에 그 《백범일지》, 《순애보》, 《청춘극장》같은것부터 《임꺽정》, 《고향》, 《문장강화》등을 거쳤는데, 이에 못지않게 소월, 만해, 보들레르, 랭보, 릴케 등의 시에도 흠뻑 빠졌다고 회고한다〈책과 가을〉, 〈여섯 개의 돋보기〉.
　대학시절의 독서는 《사상계》, 《타임》 같은 시사지로

부터 럿셀, 몽테뉴, 데칼트, 칸트 등의 섭렵으로 시작하여 그 퍼스펙트를 넓혀왔음을 볼 수 있다. 그는 우리 국민들의 71.4%가 1년에 1권 이하의 독서를 하고 있다는 통계수치를 거론하며 독서의 절실성을 일깨우기도 한다.

물론, 윤형두는 모든 시간을 책 읽기에만 보낸 것은 아니다. 만약 그가 책벌레였었다면 아마 그의 수필은 재미없는 교과서로 전락해버렸을 것이다. 그는 한때 "책을 읽는 일보다 더 재미있고 신나는 일은 없을까 궁리하다 몇 개월 동안은 친구들과 함께 화투놀음에 흠뻑 빠져 3박4일 동안 집에 들어가지 않은 적도 있고, 매주 주말이면 뚝섬 경마장에 가서 마권을 사놓고 초조하게 기다리다 계속된 패배로 호주머니를 탈탈 털어버리고 맥없이 집으로 돌아온 적도 한두 번이 아니었다."는 외도의 모습도 보여준다. 바로 이런 비틀거림이 윤형두 수필의 매력이다.

책 읽던 윤형두가 책 사모으는 윤형두로 바뀌어 이제는 장서가이자 고서 수집가로 자리잡은 내역은 〈책의 미학〉, 〈책이 있는 공간〉, 〈이 가을, 고서의 숨결과 더불어〉, 〈고서는 지요, 향이요, 귀다〉, 〈탐서〉 등등에서 그

면모를 보여준다. 이미 엿장수로부터 싼 값에 책을 사서 읽곤 했던 경험이 있던 그는 어느새 국내 고서점의 단골 고객이 되어 전국의 고서 발굴가들이 그의 집무실로 몰려들 정도가 되었다. 그의 집무실은 마치 도서관이나 고서점 같은 시설로 국내외의 온갖 책들로 가득하다. 그의 수서 취미는 희귀본부터 활자체에 이르기까지 책에 관한 모든 분야에 걸쳐 있어 《백범일지》에 김구 선생이 젊은 동지에게 준 친필 서명본, 신익희 선생이 엘리자베스여왕 대관식에 다녀와 펴낸 《여행기》속장에 달필로 서명한 책, 장준하 선생의 서명본 《돌베개》등등 그 목록을 이루 열거하기 어렵다.

옛 선조들이 책의 훼손을 막고자 포쇄관을 두어 서고를 관리케 했다는 일화를 소개〈이 가을, 고서의 숨결과 더불어〉하면서 그는 자신도 집무실과 개인 사무실과 집의 서고를 두루 포쇄하는 작업을 묘사해준다. 대개 수서는 자신의 주요, 관심분야에 국한하기 쉬운데 윤형두는 책에 관한한 모든 것을 망라하고 있다는 점이 주목된다.

이런 수서의 열정은 어느새 국내 고서점가뿐이 아니라 일본이나 세계 곳곳에까지 미치고 있는데, 특히 일본 간다神田를 비롯한 유명한 고서점가를 누비며 우리

나라의 희귀본을 구입한 일화들은 감동적이다.

　책을 읽고 모으는 그의 열정이 책을 만드는 데서 그 절정을 이루게 되는데 그게 도서출판 범우사의 출판목록으로 승화되어 나타났다. 허구 많은 인기 출판사 속에서 범우사의 특징은 종합 출판이란 점인데, 이건 국내외의 모든 고전은 다 출판한다는 한 마디로 요약할 수 있다. 이 말은 곧 어느 출판사 책이든 전문 특수분야가 있는데 범우사는 종합 도서출판으로, 극단적으로 말하면 이 출판사 책만 보면 동서고금의 명저는 다 섭렵할 수 있도록 두루 모든 분야의 책을 펴낸다는 뜻이다. 이런 출판 자세는 바로 그의 폭넓은 독서의 바탕이 낳은 결실로 볼 수 있다.

　이 밖에도 그의 책의 유통과 관리를 위한 보급방법과 도서관 진흥 및 세계의 책 기행 등을 다룬 글들이 시선을 끈다.

　책이 만들어져 유통되어 읽히고 보관되기까지의 전 과정을 걸친 글들을 모은 이 아담한 책은 곧 책 이야기이자 책의 역사로 우리에게 다가선다. 새삼 책의 소중함을 느끼게 해주는 책 중의 책이다.

임헌영 중앙대교수 · 문학평론가

책의 미학

새벽에 잠을 깬다. 산길을 걷기에는 아직 이른 시간이다. 불을 켜고 2층 서재에 오른다. 사방 벽에 가득히 꽂힌 책들이 나를 맞는다. 책상에는 간밤에 읽던 책과 글을 쓰다 흐트러놓은 원고지와 빨간색, 파란색 볼펜이 사이좋게 어우러져 있다. 오른쪽 구석에 놓아둔 찻잔에는 어제 저녁에 마시다 남은 커피가 한 모금쯤 깔려 있다. 잔을 입술에 대고 식은 커피를 입안에 머금는다. 커피향이 온몸에 퍼진다. 이윽고 잠에서 덜 깬 정신이 맑아져 온다.

그러면 책을 든다. 책상 위, 책꽂이, 방바닥 어느 곳에 있는 책을 읽을까 망설인다. 그러다 간밤에 읽다 둔 책을 손에 든다.

그 책이 두툼한 볼륨에 정장을 한 양장본일 수도 있고 얄팍한 부피에 무선제책을 한 문고본일 수도 있다. 그러나 호화 양장본이더라도 가볍게 읽힐 수 있고, 문고본에 중압감 있는 내용이 담겨져 있을 수도 있다. 책의 표제가 독서욕을 복돋게 하는 서정적이고 센치한 단어로 이어진 책이 있는가 하면 표지글이 고전적이고 지적이어서 선뜻 손이 가지 않는 책도 있다. 책을 감싼 크로스도 해돋이의 이글거리는 태양처럼 붉게 타오르는 정열적인 색깔인 것이 있는가 하면 나약한 지성인의 고뇌 띤 얼굴처럼 창백한 회색 빛깔도 있다.

어느 책은 아담한 케이스에 담겨져 위엄을 갖추고 있는가 하면, 어느 책은 커버가 벗겨진 채 알몸으로 뒹굴고 있는 책도 있다. 또, 어느 책은 몇백 년의 나이테를 지닌 채 뭇 선비들의 손때에 절였는가 하면, 어느 책은 창포에 머리감은 숫처녀처럼 포장지에 싸인 채 놓여 있는 책도 있다.

그리고 뭇 달구지와 자동차가 지나간 신작로처럼 마냥 매만져진 사전류 같은 책이 있는가 하면 일 년에 한두 번 거니는 오솔길 같은 도록과 화첩도 있다.

걸상에 앉아 손 가까이 닿는 곳에는 낮익은 책들이

놓여 있다. 긴 세월의 숱한 변화 속에서도 요지부동 자리를 지켜온 책들이다. 지조를 굽히지 않았던 지사의 몸가짐처럼 다소곳하게 자리하고 있다.

김구 선생이 젊은 동지에게 준 친필서명본인《백범일지》, 신익희 선생이 영국 엘리자베스 여왕 대관식에 다녀와서 펴낸《여행기》속장에 달필로 사인한 서명본, 장준하 선생의 서명본인《돌베개》, 김대중 선생이 나에게 서명해준《분노의 메아리》라는 국회연설집, 이 모두가 나에겐 유독 귀중한 책들이다.

한 아름 건너에 있는 일연 스님의《삼국유사》, 백암 박은식의《한국통사》, 단재 신채호의《조선상고사》, 함석헌 선생의《뜻으로 본 한국역사》등은 내가 백의민족으로 태어나 한반도에서 삶을 이어가는 데 있어 자부와 긍지를 갖기에 충분하게 해준 책들이다.

또한 고난이 나를 나약하게 할 때 에이브러햄 링컨의 글발이, 조국의 현실이 나를 암담하게 할 때 마하트마 간디의 절규가, 불의와 타협하려고 마음이 동할 때 토머스 모어의《유토피아》가 나를 바로 세워주었다.

먼동이 트면 나는 산행을 한다. 야트막한 산길을 오르면서 생각을 더듬는다. 그 옛날 나일강이 있는 이집

트에서 만든 파피루스에 씌어진〈死者의 書〉에서부터 먼 훗날의 미래를 그린 SF소설에 이르는 시간의 세계와 광대 무변의 공간 속에서, 나는 정신의 나래를 펴고 출판사가 출간할 책을 구상한다. 어느 날은 "일만 권의 책을 읽었지만 여전히 육체는 서럽다."는《파우스트》속에 나오는 넋두리를 외우다 괴테 전집을 구상하기도 하고, 어릴 때 읽었던 보물상자 이야기가 떠올라《아라비안 나이트》를 기획하기도 한다.

찰스 램은 "산책하지 않으면 책을 읽는다. 그저 앉아서 생각만 하는 것은 어렵다. 책이 내 모든 생활을 대신해준다."고 했다. 그러나 나는 산책하면서도 책을 읽는다.

나는 음악을 들으면서도 책을 읽는다. 모차르트의 〈엘비라 마디간〉의 잔잔한 플루트의 음률 속에서《아마데우스》를 읽고, 브람스의 교향곡 제3번을 들으면서 사강의《브람스를 좋아하세요》를 읽는다. 또, 베토벤과 톨스토이와 미켈란젤로를 만난다.

책은 절대로 배반하지 않는 친구요, 연인이다. 보나르의《우정론》이 몇십 명의 친구보다 더 따뜻하고 유익한 말을 건네주며, 헤밍웨이의《누구를 위하여 종은

울리나》의 소설 속의 주인공이 죽음을 앞두고 펼치는 짧고 짜릿한 사랑이 내 메말랐던 애정의 빈터를 메꾸어준다.

책은 나에게 있어서 존재다. 책이 없었으면 나는 눈 뜬 장님이 되었을 것이며 귀먹은 벙어리가 되었을 것이다.

책은 지식이며 지혜다. 그 많은 인류에게 얼마나 많은 혜택을 안겨다주었는가. 책이 없었다면 하나님도 침묵하였을 것이며, 부처님도 설법을 잃고, 공자님도 가르침을 버렸을 것이다. 책이 있었기에 성경이 있었고, 성경이 있었기에 기독교가 있으며, 불경이 있었기에 불교가 있고, 논어가 있었기에 공자가 오늘날에도 인류의 회자되는 것이다. 책은 그러므로 신神이요, 불佛이요, 인仁이다.

역사의 고난기에는 고난이 서린 책이, 역사의 부흥기에는 거작의 명저가 쏟아져나왔다. 책은 역사요, 또한 과학이다. 오늘날 문명의 이기利器를 우리에게 선사한 기반이며 원동력이다.

또한 책은 과거와 현재와 미래를 잇는 핏줄과 같은 다리다.

오늘도 갓 출간한 신간을 손에 들고 한없는 환희에 잠긴다. 푸른 바다에서 막 건진 퍼드덕거리는 생선 같은 신선함이 손에 짜릿하게 와 닿는다. 책장에서는 5월의 향긋한 아카시아 꽃향기처럼 잉크냄새가 풍기고, 빛깔은 6월의 진초록 풀빛처럼 싱그럽다. 이 책 한 권이 그 얼마나 오랜 잉태 속에서 탄생한 소중한 산물인가.

책은 진주요, 에메랄드다. 그리고 세상의 빛이요, 인류의 넋이다.

책 없는 세상을 상상해보라. 그것은 암흑이다.

《사람사는 이야기》, 1993. 8.

책과 가을

마음이 깊숙한 심연으로 빠져들어갈 때 베토벤의〈월광곡〉은 마음을 제자리로 옮기게 한다. 그러나 비발디의〈사계〉중 '가을'의 선율이 귓전을 스치면 손은 서가에 꽂힌 책을 뽑아들게 된다. "음악이 없는 인생은 하나의 착각에 지나지 않는다."고 한 니체의 독백이 스쳐간 그 위에 "책이 없는 인생은 암흑"이라는 말을 덧붙여주고 싶은 가을이 왔다.

"책을 읽음으로써 밤의 고요를 알고 국화를 보면서 가을이 깊어진 것을 깨닫는다讀書知夜靜採菊見秋沈."는 옛 시처럼 가을은 분명 독서하기 좋은 계절이다.

풀벌레소리만이 들려오는 깊은 밤이면 삼면에 가득 찬 책들이 나를 한없이 유혹한다. 몇 번이고 내 손을 거쳤던 존 러보크의《인생의 선용善用》이나 볼테르의《깡디드》, 한 번 더 읽어봐야지 하고 벼르고 벼르던 헤로도토스의《역사》, 루소의《에밀》, 며칠 전 서점에서 사다놓고 목차만 훑어보고는 아직 책상 위에 놓여 있는《일본방서지日本訪書誌》등, 2층 서재를 가득 메운 5,000여 권의 책은 꼭 한 번은 더 읽어야 되겠다 싶어 지하 서고나 출판사 서고로 보낸 책 중에서 추리고 추린 책들이다.

이미 1,000년이 넘은 당나라 때의 시인 두자미杜子美는 "남아수독오거서男兒須讀五車書"라고 하여, 사내라면 다섯 수레의 책은 읽어야 한다고 독서를 권장하였다. 나는 독서욕이 가장 왕성한 중·고등학교 시절에 책의 불모지였던 시대를 살았다.

일본에서 초등학교에 입학하자 제2차 세계대전이 일어나 군국주의가 득세해, 발행된 동화책에도《노기乃木대장》이나《야마모도이소로구山本五十六 원수》등 군인들의 전기가 판을 칠 때라 이것이라도 할 수 없이 읽었다. 한국으로 온 후 초등학교 3학년 때 해방이 되어 갑자기 일본글에서 한글로 바뀌었으니, 한글도 몰랐지만 한글로 된 읽을 만한 책이 전혀 없었다. 시골에는 몇 년 간 교과서마저 공급되지 않았으니, 일반 교양서를 구해 읽는다는 것은 하늘의 별따기만큼이나 힘들었다.

대한민국 정부가 수립되고 중학교에 입학한 그해 고향에서는 '여순사건'이란 군인폭동이 일어나 학교 문이 닫히고, 밤에는 지리산에 숨어있던 빨치산이 시내까지 침입하는 등 불안을 떨쳐버릴 수 없는 나날이 계속되었다. 곧이어 6·25전쟁이 터졌다. 그러다가 고등학교를 졸업한 때에야 휴전이 되었다. 초등학교 6년, 중·고등학교 6년, 그 배움의 황금기라 할 12년 동안에 정상적인 학교공부라야 얼마나 했을까. 1년 이상 가르침을 받은 선생님이 없을 정도였으니, 기억 나는 스승도 몇 분 안 되는 학창시절을 보냈다.

그러나 나는 이런 소용돌이 속에서 책을 구해 읽었다. 중·고등학교 시절까지는 친구나 대본점에서 빌릴 수 있는 책은 무엇이든 구해 읽었다. 김구 선생의《백범일지》, 박계주의《순애보》, 길래성의《진주탑》,《청춘극장》, 이기영의《고향》,《광산촌》, 이태준의 단편집《문장강화》, 노자영의《미문서간집》등 닥치는 대로 읽었다. 독서란 우선 양서를 가려서 읽되 자기의 정도에 맞고 취미에 맞는 책부터 읽어야 자연스러우며 그래야 자기형성에 보탬이 되고 독서의 성과를 거둘 수 있다는 초보적인 독서론도 무시한 채 마구잡이 독서를 하였다.

하지만 그러한 잡독이랄까 난독을 하지 않았던들 오늘의 나는 형성되지 않았으리라 본다. 나는 독서의 혜택으로 국가와 민족에 대한 사랑에 눈뜨게 되었고 무엇인가 쓰지 않으면 견딜 수 없는 갈증을 느껴 시와 수필도 써보게 되었다. 그 후 한국전쟁으로 폐허가 된 서울에 올라와 그나마 책을 읽은 덕분으로 잡지사에 취직이 되어 지금껏 활자로 더불어 일생을 같이 하고 있다.

나와 활자와의 만남은 접촉인 동시에 대결이었다. 원고를 만든 저자와 심지어는 책 속에 있는 주인공과 접촉하면서 애락을 같이 하기도 하고 대결도 한다. 옳지 못한 것과는 싸워서 이겨야 하고 옳은 것에는 합세하며 박수를 보낸다. 힘겹게 구한 책이라도 내용이 부실하거나 심정을 때묻게 하는 책이면 서슴없이 찢어버리거나 불태워버린다. 악서는 양서보다 전염성이 강하다. 독버섯이 화려하고 번식력이 강하듯이.

이제 나는 좋은 책을 골라 읽는다. 좋은 책은 영과 혼을 살찌우기 때문이다. 볼테르의 《깡디드》를 읽고 엘도라도라는 이상향을 그리며 항시 희망을 버리지 않았다. 예링의 《권리를 위한 투쟁》을 읽으면서 자신의 권리를 찾는 투쟁은 정의를 위한 투쟁과 같다고 생각했다. 그 투쟁 가운데서 나는 나의 권리와 양심을 지키는 삶을 지탱할 수 있었다. 그래서 나는 책을 읽음으로써 지혜와 교양을 얻는 데 그치지 않고 그것을 오래도록 간직하기 위해 메모를 하고 사색을 하며 거기에서 얻은 열매를 독후감이나 작품으로 승화시키는 작업을 병행했다.

책을 읽는다는 것, 그것이 항시 즐거움만을 주는 것은 아니다. 그러나 좋은 책을 읽는다는 것은 어진 스승을 항시 대하고 있는 것과 같고, 책을 읽지 않고 시간을 보내면 그 허송되는 시간 속에 분명 악의 씨가 뿌려지고 싹이 튼다.

우리는 책을 통해 1,000년의 지혜를 얻을 수 있으며, 또한 책을 통해 1,000년의 미래를 그릴 수 있다. 책이 없는 가을, 그것은 황막한 사막이다. 그리고 고향을 잃어버린 고독한 노스탤지어다.

《企銀》, 1991. 10.

여섯개의 돋보기

나창 밖에는 장대 같은 비가 쏟아진다. 돋보기를 끼고 흔들의자에 앉아 이규보의〈여름〉이라는 시 한 수를 읽는다.

대자리 홑적삼에 시원한 마루
꼬꼬리 울어울어 꿈을 깨우고
밴 잎에 가려진 꽃 늦도록 남고
엷은 구름, 새는 햇살 빗속에 밝네

삼베 바지저고리의 씨날 사이로 서늘한 바람이 스며든다. 이제 분명 가을인가보다. 탱자만하던 모과가 우락부락한 제 모습을 갖추고, 싸리꽃처럼 달려 있던 대

추가 제빛을 찾기 시작했다.

중학교 시절의 이때쯤이면 학교를 갔다오자마자 교모와 교복을 벗어던지고 간편한 남방 차림으로 대본점貸本店을 향해 달린다. 그때에는 모리스 르블랑의 탐정 소설이 그렇게도 재미있을 수가 없었다. 김래성의 《진주탑》도, 홍명희가 지은 《임꺽정林巨正》도 참 재미있었다. 《임꺽정》을 세 권인가 읽다 6·25 동란이 나 그 후 속편이 나오지 않아 무척 아쉬었다. 그때는 가난한 사람을 돕는 의적義賊이 왜 그리도 멋있고 좋았던지…….

고등학생이 되어서는 이광수의 《무정》과 《사랑》, 박계주의 《순애보》, 김래성의 《애인》과 《청춘극장》, 심훈의 《상록수》를 읽으면서, 이성간의 사랑을 합하면 얼마나 강한 힘이 나오는가를 알게 되었다. 국가나 사회를 위해 보람된 일을 하려면 생의 동반자로서 사랑하는 사람이 꼭 있어야 한다고 믿었다.

또 그 시절엔 많은 시를 읽고 외웠다. 한용운, 김소월, 김영랑, 헤세, 보들레르, 랭보, 워즈워드, 릴케, 니체 등 외국 시인의 시집들은 반 4·6판 문고로 발간된, 역자 표지도 뚜렷하지 않은 것들이었는데 그런데도 그 시들이 마냥 좋았다. 시집들과 더불어 《춘원 서간집》,

《이태준 서간집》등 편지쓰기 책들도 있었다. 나 자신은 대상이 없어 연애편지 한 장 써보지 못하면서도 친구들이 부탁하는 것은 거절하지 않고 다 써주었다. 그러다 K라는 친구가 S경찰서의 교환에게 보낸 연애편지 때문에 국가기밀을 탐지하기 위해 교환수를 유혹하려 했다는 어처구니없는 누명을 써서, 몇 친구와 S경찰서 통신계에 붙들려 가 혼쭐이 난 적도 있었다.

대학에 와서는 잘 이해하지도 못하고 재미도 없는 책들을 골라 읽었다. 남들이 다 사보는 월간 《사상계》란 잡지는 거의 빠뜨리지 않고 읽었다. 또 해석할 수도 없는 《타임》, 《뉴스 위크》도 사보았다. 사르트르, 카뮈의 소설, 엘리엇의 시집, 아담 스미스, 막스 베버의 책 등, 대학생이면 이런 정도는 읽고 이해할 수 있어야 한다는 의무감에서 그 책들을 읽었다. 버트란드 러셀의 《행복의 정복》, 안병욱 교수가 번역한 《에이브러햄 링컨전傳》과 몽테뉴나 베이컨의 《수상록》, 그리고 국내작가 수필 등이 내 독서 수준으로는 무리 없이 읽히는데도 친구들에게 그런 책을 읽고 있다고 자랑할 수 없어, 난해한 칸트의 《순수이성비판》이니 데카르트의 《방법론 서설》등을 사서 몇 줄도 이해하지 못하고서 책 끝장까지 건성으로 읽어 대는 허영의 독서를 하던 시절도 있었다.

사회생활을 하면서는 내 직업에 필요한 책이나 지식과 교양에 보탬이 되면서도 재미있고 유익한 그런 책을 주로 읽고 있다. 특히 출판에 관한 저서나 논문들은 국내의 발표량이 그리 많지 않기 때문에 거의 빠짐없이 읽는 편이며, 출판의 주변 학문이라고 볼 수 있는 서지書誌에 관한 글도 틈틈이 읽는다. 그리고 나 자신도 수필을 쓰고 있지만, 수필은 하도 많이 발표되어 전문 수필가들이 호평하는 글조차 빠뜨리지 않고 읽는다는 것이 그리 쉽지 않다.

이제 모든 욕심을 서서히 버려야 할 나이가 되었는데도 독서와 책모으기에 대한 욕심은 더욱 심해지고 있는 것 같다.

체계 있는 독서 계획은 없지만 아침 여섯 시면 안방에 있는 돋보기를 끼고 한국출판문화사나 서지학 계통의 책을 읽다가 조간신문을 보고, 차를 타고 출근하면서도 포켓 안에 있는 돋보기를 꺼내어 《시사일본어연구》를 본다.

사무실에 와서는 책상 속에 둔 안경을 꺼내 조간신문을 보고 현재 출판사가 제작하려고 하거나 제작중인 원고 및 교정쇄를 읽고, 출판물 기획에 보탬이 될 독서 정보 혹은 명저 해설 등을 읽는다.

저녁이면 석간신문을 읽고 퇴근하여 집에 돌아가 서재에 있는 돋보기를 끼고 조금 부담이 가는 한국 고전이나 불서佛書 등을 읽다가, 간단한 일기쓰기를 끝으로 하루를 마친다. 그래서 나는 지하실 서고용과 대학원 강의 시간에 쓰는 반쪽 돋보기를 합하여 안경이 여섯이다.

나는 집안 어느 곳에나 책을 놓아둔다. 응접실 탁자 위나 전축 위, 또는 문갑 위나 식탁 위 어느 곳에나 두었다가 마음 내키는 대로 집어들어 부담없이 읽는다. 또 읽기 싫으면 읽던 자리에 둔다. 이제 이런 생활이 자연스레 몸에 배어버린 것 같다. 책을 많이 읽기 위해 고서점을 차리기도 하고 또 지금은 출판사를 경영하고 있는 셈이니…….

한때는 책을 읽는 일보다 더 재미있고 신나는 일이 없을까 궁리하다 몇 개월 동안은 친구들과 함께 화투놀음에 흠뻑 빠져 3박 4일 동안 집에 들어가지 않은 적도 있고, 매주 주말이면 뚝섬 경마장에 가서 마권을 사놓고 초조하게 기다리다 계속된 패배로 호주머니를 탈

탈 털어버리고 맥없이 집으로 돌아온 적도 한두 번이 아니었다.

이렇게 재미만을 찾는 오락 뒤에는 항시 후회와 허무가 뒤따라다녔다. 그런데 독서는 흥미 위주의 책을 읽건 좀 어려운 책을 읽건, 읽고 나면 기분이 흐뭇하다. 독서는 후회를 수반하지 않으며 오히려 어떤 책이건 글을 읽었다는 자부심과 긍지를 준다.

그리고 모든 일에는 상대가 있어야 한다. 내가 하고 싶어도 상대가 하기 싫다면 할 수가 없다. 바둑을 두는 일, 골프를 치는 일, 대화를 하는 일 등 모두가 그렇다. 그러나 독서는 책만 있으면 웬만한 장소에서도 홀로 독서삼매에 빠질 수가 있다. 또 독서는 많은 부산물을 가져다준다. 지식 · 교양 · 학문 · 정보 · 해학 · 기지 등 인생에 있어 결코 도둑맞지 않을 가장 큰 재산을 독서는 우리에게 준다.

책을 읽지 않는 사람의 삶은 각박하다. 그래서 여유가 없다. 당돌하고 조급하여 인생을 길게 보는 안목이 없어 많은 실수를 범한다. 그리고 아름다움도 없다. 아무리 선천적으로 예쁘게 태어난 여인이라도 독서를 하지 않으면 요염미는 있을지언정 지성미가 없으며 남자의 경우엔 권세와 부귀는 가질지언정 신사다운 인간미를 결여한다.

그러나 책을 많이 읽은 사람과의 대화는 언제든지 순조롭고 화기롭다. 상충이 없고 과격하지 않다. 그런 사람은 어떤 문제든 순리로 해결한다. 오만함이 없으며 겸손하다.

나는 독서에 의해 얼마나 성장하였을까? 책을 읽는 데 나이가 있고 지식을 풍부하게 하는 데 정년이 있을 리 없다. 나는 앞으로도 계속 독서를 통해 내 인생을 살찌우고 그 열매를 더욱 알차고 영글게 할 것이다.

이제 분명 독서하기에 좋은 계절이다. 책과 독서의 힘에 의해 모든 어려운 문제가 풀리는 세상이 되었으면 한다.

《효성》, 1987. 9.

독서와 인생

마당 한가운데 서 있는 감나무에 매달린 감이 탐스럽게 익어간다. 얼마 전만 해도 파랗던 감이 누런 빛을 띠더니 이제 끝부분부터 붉은 색을 발하기 시작한다. 결실의 가을이 성큼 다가온 모양이다.

매년 맞는 가을이지만, 오곡백과가 무르익고 낙엽이 마른 대지 위를 구르며 건조한 나뭇잎소리를 낼 때면 유독 책에 대한 애정이 솟구친다.

서재에 아무렇게나 쌓이고 널려 있던 책들을 책장에 꽂거나 금년내로 꼭 읽어야겠다고 마음먹은 책은 책상에 쌓아둔다. 그리고 급한 마음을 달래기 위해 목차와 서문 정도라도 읽고 다시 책상 위에 놓는다.

나는 책과 더불어 기쁘고 힘든 일을 같이 하며 살아

오고 있다. 중·고등학교 시절에는 해방 후의 혼돈기와 한국전쟁중이어서 읽을 책이 마땅히 없었다. 그래서 대본점에 가 책을 빌려 읽거나 어떤 친구가 소설 한 권이라도 갖고 있다면 거리가 멀거나 친불친에 구애받지 않고 찾아가 책을 빌려 읽었다. 그 내용이 어떤 것이건 책을 읽어야겠다는 강렬한 욕구 때문에 읽지 않고는 배길 수가 없었다. 당시 지방도시의 서점이나 대본점에 들어오는 책이라야 이광수李光洙를 비롯한 몇 안 되는 국내 작가의 소설류와 김래성 등이 번안한 외국소설류가 고작이었다. 이 청소년 시절의 지식욕은 여순사건, 지리산 빨치산의 기습, 6·25전쟁 등으로 매양 휴교령이 내려진 학교의 교육으로는 도저히 메울 수가 없었다.

제대로 보급되지 않던 교과서, 이름도 익숙하기 전에 바뀌어버리던 선생님들, 매듭짓지 못한 과목들, 그런 세태 속에서 그래도 알고자 하는 갈증을 한 권의 애정소설을 통해서나마 달랠 수 있었다는 것이 얼마나 다행이었는지 모른다.

휴전 후 서울에 올라와 잡지사와 출판사에서 근무하면서 고학을 하였다. 그때의 대학수업이란 지금처럼 정상적이지도 않았지만, 직장생활로 한 학기 등록금을 마련하여 다시 복학하는 그런 불규칙한 공부였으니 제대로 될 턱이 없었다. 이 배우지 못한 공간에 나는 책의 교정을 보면서 메우거나, 그 당시 유명했던 월간《사상계》,《현대문학》그 밖의 교양서 등을 탐독하면서 지식을 넓혔다. 나는 그때 그러한 학구적 욕구를 독서란 방법으로 풀어나가지 않았더라면 지금쯤 어찌 되었을까 하는 가정을 가끔 해본다.

프랑스의 사상가인 몽테뉴는 자기를 변화시키고 성장시키는 세 가지의 교제가 있는데, 그 하나는 남성 상호간의 교제인 우정이요, 또 하나는 남성과 여성간의 교제인 연애요, 마지막으로 사람과 책의 교제인 독서라고 했다.

이 세 가지 교제에는 각각 특징이 있다. 교양 있고 성격이 원만한 친구를 얻는 것은 가장 큰 이익이지만, 사람들은 우정에 대해서 지나치게 완전성을 요구하기 때문에 어렵고, 아름다운 용모와 선량한 덕성을 지닌 여성은 가장 큰 위안이 되지만 자칫하면 열정에 빠져서 일생을 통해 충분하게 누리기는 어렵다고 했다.

그리고 우정과 연애는 우연한 동기에서 출발하고 또 상대의 태도에 달려 있다. 특히 우정을 맺을 만한 상대를 만난다는 것은 평생 동안에 기회가 그리 많지 않고, 연애에 있어서는 세월이 흘러가면서 열정이 점점 줄어든다. 그러나 책을 상대로 하는 교제는 현실성이라는 점에서는 우정만 못하고 즐겁다는 점에서는 연애만 못하지만, 언제든지 필요할 때 간편하게 이용할 수 있고 언제나 환영하며 또 누가 원하든 거절하지 않으며, 노년과 고독 속에서도 변함없는 위로를 준다고 했다.

나의 학구적 욕구를 충족시켜주고, 찾든 찾지 않든, 정과 사랑을 주든 주지 않든 항시 내 옆에서 기다려주면서 선인들이 남겨놓은 지식과 지혜를 나에게 안겨주는 책을 만들기 시작한 지도 어언 30년이 넘었다.

만들어놓은 잡지의 내용이 당국의 비위에 맞지 않는다고 하여 필화사건이 나서 서대문 교도소에서 영어囹圄의 생활을 하면서도 한 번도 책 만드는 일을 후회해 본 적이 없다. 엄동설한의 찬바람을 막기 위해 감방 문틈 사이에 발라놓은 잡지조각 속에 담겨 있는 활자들을 한 자라도 놓칠세라 발꿈치를 세우고 희미한 전등빛 아래서 열심히 읽던 기억, 유신독재정권을 비방하는 글이 담겼다 하여 책들은 모두 압수당하고 모진 곤욕을 겪은 후 그 지옥과 같은 남산 지하실에서 풀려났을 때에도 나는 곧바로 다시 출판할 책의 교정쇄가 나와 있는 조판소로 달려가면서 "책과 더불어 일생을"이라는 내 소신을 중얼거렸었다.

그 후 나는 다종의 책을 출간하였다. 주부들이 가족의 육체를 위하여 식탁에 반찬을 갖추어놓는다면, 나는 정신적인 식탁에 반찬을 마련해주기 위해 책을 출간하는 것이다. 그러기에 말을 배우기 위한 유아용 책부터 중·고등학생, 대학생과 교양을 얻고자 하는 일반인에 이르기까지 누구에게나 유익한 교양도서를 발간하고 있다. 신문이나 TV에서는 온통 부동산 투기꾼, 호화생활자, 향락주의자들이 세상을 흐리게 하여 곧 사회의 몰락이 올 것처럼 야단들이지만, 서울의 광화문이나 종로에 있는 대형서점들에 가보면 책을 사기 위한 고객들로 발 들여놓을 틈도 없이 만원이다. 내일을 위해 사과나무를 심는 사람들이 이처럼 많은데 어찌 세상이 망하겠는가.

가을은 독서의 계절이라고 한다. 우리는 한 권의 책에서 인생을 살아가는 예지를 얼마나 추수하고 있는가. 한용운의 독립정신도, 에이브러햄 링컨의 노예해방도, 마하트마 간디의 무저항주의도 모두가 학교교육이라기보다 독서에 의해서 얻어진 결실들이다.

많은 선각자들이 인생에 있어서 가장 중요한 것은 독서라는 경구들을 남겼다. 안중근 의사는 "하루라도 독서하지 않으면 입 안에 가시가 돋는다."고 휘호를 썼으며, 베이컨은 "어떤 책은 천천히 음미를 해야 되고, 어떤 책은 삼켜버려야 하며, 어떤 책은 잘 씹어 소화시켜야 한다."고 했다. 또 영국의 시인인 S. 존슨은 "모든 기초는 독서에 의해서 고정시켜야 할 일이다. 일반적 원칙은 책에서 얻어야 한다."고 말했다.

이제 가을도 깊어가고 있다. 나는 아름답게 집 안을 꾸며놓은 집을 가끔 본다. 안방에도 응접실에도 심지어 식당의 벽면에도 책장이 놓여 있고, 그 속에 책이 꽂혀 있는 것을 본다. 응접실의 탁자와 식탁 위에는 철에 따라 바뀌는 꽃이 듬뿍 담긴 꽃병에서 은은한 향을 발한다. 거기에다 나는 이런 상상을 더해본다. 다소곳이 소파에 앉아 포동포동한 아이에게 젖을 물린 채 열심히 책을 읽으며 무아경에 빠져 있는 한 엄마의 모습을……

《신성》, 1989. 11.

책이 있는 공간

뜰에 핀 과꽃이 가을빛을 발한다. 먼 남쪽 푸른 숲 위에 관악산 연주봉이 얹혀 있고 그 위 파란 하늘에는 솜구름이 떠 있다.

이제 그 오랜 폭염의 들뜸이 지나고 마음 달램의 서늘함이 서재의 걸상들 위에도 차분하게 찾아든 것 같다.

흔들의자에 앉아본다. 한결 마음이 가볍고 손에 든 한적고서韓籍古書도 눅눅하고 무거웠던 감을 떨어버려 가뿐하고 산뜻하다. 넘겨보는 책장마다에서 가을바람이 인다. 그 가을바람 속에서 몇백 년이 지났을 선조들의 학문의 숨결을 듣는다.

나는 지난날을 회상하고 오늘을 점검하며 내일의 삶을 설계하는 오붓한 공간으로, 베란다가 널찍한 이층 서재를 택한 지 오래다. 그곳에는 아무런 장식이 없다. 걸상 셋과 방석 하나 그리고 책상 둘에 3면에 놓인 서가 속의 약간의 책이 전부다.

난 그때그때의 일과 기분에 따라 앉는 자리를 택한다.

무엇을 언제까지 꼭 해야겠다는 마음가짐을 가질 때에는 인체공학적으로 잘 설계되었다는 날렵한 최신형 걸상에 앉는다. 거기에서 마음을 가다듬고 책을 읽거나 글을 쓴다. 이때의 기분은 어쩐지 쫓기거나 부담스럽다.

그러나 글을 쓰거나 책을 읽고 메모하는 작업 중에서도 쫓기거나 재촉받을 염려가 없는 일을 할 때에는, 앉은뱅이 책상 앞에 놓인 방석에 앉아 팔꿈치를 책상 위에 얹고 손바닥으로 턱을 괴는 여유를 가진다.

그러다가 권태로워지면 다리를 쭉 뻗고 양다리를 걸쳐놓을 보조의자가 딸린 수평식 안락의자에 앉아, 손에 닿는 서가에서 그때의 기분에 따라 아무 책이나 뽑아내어 무료함을 달랜다. 그러다 펼쳐진 책을 가슴 위에 얹은 채 눈을 감고 명상에 잠기기도 한다.

그 편안한 자세도 시간이 지나면 다시 변화의 욕구를 일으킨다. 그러면 이번엔 흔들의자에 걸터앉아 다리에 약간의 탄력을 주어 온몸을 흔들거리는 의자에 맡긴다.

기분이 상쾌해진다. 그럴 때면 언제나 속세의 것을 멀리한다. 남쪽에 펼쳐진 산록을 응시하거나, 뜻은 잘 모르지만 몇백 년을 지나온 옛것들이 담긴 한적본韓籍本을 손에 든다. 그 속에서 먼 옛날의 선현들과 침묵의 대화를 나눈다. 인생의 덧없음에 대해서도, 선악과 인과응보의 업보에 대해서도 미처 깨닫지 못했던 지혜들이 말없이 나에게 전해진다.

나는 이런 서재의 공간에서 삶에 뜻을 부여하는 작업을 부단히 계속한다. 그러다 또 새로운 시도에 대한 충격이 나를 엄습할 때면 나는 서재에서 뛰어나가 햇볕을 받거나 정원에 놓인 하얀 야외용 걸상에 다리를 꼬고 앉는다. 그것은 잠깐의 휴식이다. 그 과정은 지하실 서고書庫로 가는 길목의 중간쯤에 자리한 임시역 플랫폼과 같은 것이다.

잠시 후 카나리아꽃과 과꽃 등이 어우러진 화단과 층계를 지나 반지하로 된 서고문을 연다. 옛것과 오늘의 서적들이 어울려 뿜어내는 매캐한 냄새가 확 얼굴을 친다. 역겨움 비슷한 냄새가 오히려 나를 끈다. 시골집 외양간의 냄새가 원초적原初的인 자아를 일깨우듯이 무한히 나를 빨아들인다.

나는 촘촘히 세워진 서가 사이를 무념의 상태에서 몇 바퀴 돈다. 그러고는 가장 깊숙한 곳에 있는 책부터 몇 권 뽑아본다. 혹시 습기에 젖지 않았나 점검한다. 그리고 문학서 · 역사서 · 종교서 · 잡지 등 분야별로 책이 꽂힌 서가에 머물러, 남달리 애정이 가거나 소중하다고 여겨지는 책이 탈없이 잘 있는지 확인해본다. 그 다음엔 한적고서 서가로 가서 필사본 · 목판본 · 활자본 등을 펼쳐본다. 그 책들을 모으기 위해 인사동, 청계천 그리고 장안평 고서점들을 누비고 다녔던 많은 날들이 헛되지 않았다는 흐뭇함이 가슴을 메워온다.

고서는 신간의 씨앗이다. 나는 이 2만여 권이 넘는 씨앗을 뿌려 새로운 문화창조를 위해 가꾸고 다듬는 작업을 부단히 계속해야만 한다.

책으로 둘러싸인 공간은 죽음의 공간이 아니며 멈춤의 공간이 아니다. 그것은 삶의 공간이며 활동과 재생산의 공간이다. 잠시의 휴식도 생명을 불어넣는 시동을 위한 충전의 순간이다. 공간은 무한하다. 그 속에서 책과 더불어 사는 유한한 삶의 값진 보람을 찾는다.

《실내장식》, 1988. 9.

구텐베르크 박물관과 한국 전적典績

꼭 가보고 싶은 곳이 몇 곳 있다. 그 중에서 나는 언제부터인가 독일 마인츠에 있는 구텐베르크출판인쇄 박물관을 꼭 가봐야겠다는 생각을 해왔다. 4년 전 프랑크푸르트 국제 도서전시회가 있어서 독일에 갈 기회가 있었으나 그 방대한 규모의 도서전시회 관람을 3,4일 동안 마치고 나니 몸이 지쳐 박물관에는 가보지 못하고 카달로그, 팜플렛 등만 몇 박스 챙겨가지고 돌아왔다. 돌아온 후 구텐베르크 박물관을 들러 오지 못한 것을 못내 아쉬워했다. 금년에는 프랑크푸프트 도서전은 2차 목표로 하고 구텐베르크 박물관 방문을 1차 목표로 삼아 숙소도 마인츠 시내에다 정했다.

지난 10월 4일 독일에 도착하여 다음날인 5일은 도

서전시회 개회식 겸 한국관 등 동양관과, 저작권 계약 관계로 서신을 주고받았던 몇 곳 출판사를 둘러보고 나니 하루가 다 갔다. 나는 이렇게 도서전시장의 책들에 매료되어 날짜를 보내다간 또 구텐베르크 박물관을 들르지 못하고 말 것 같아서 6일은 하루종일 마인츠에서 머물기로 작정을 했다.

아침을 먹고 마인츠 시내로 향했다. 아름답고 고풍스러운 도시였다. 인구 10여 만의 도시에는 대학과 5,6백 년이 넘은 성당과 고적들이 이곳 저곳에 자리하고 있었다. 제2차 세계대전의 전흔은 찾아볼 수 없고 높은 고성古城과 돌길, 오랜 전통이 있는 장터엔 시장이 형성되어 있었다. 주로 과일과 야채와 빵 그리고 꽃가게였다. 1792년에 문을 열었다는 'DOM-Cafe'에서 커피 한 잔을 하고 근처 서점에 들러 마인츠에 관한 책을 사고 구텐베르크 박물관을 찾았다. 생각보다 훌륭했다. 혹 기대에 어그러져 실망하지 않을까 했는데 대만족이었다. 현관에서 참고도서와 포스터 등을 사고 지하에서 4층까지 샅샅이 구경했다.

1450년에 발행했다는 구텐베르크의 최초의 인쇄물인 42행行 성서 앞에서 오랫동안 발을 머물지 않을 수 없었다. 만약 구텐베르크에 의해 현대적인 인쇄술이 발전되지 않았던들 인류의 문명은 얼마나 더디게 발전했을까 하는 생각이 들었다. 2,3층에는 1,500년대에서 1,600년대에 걸쳐 발간된 라틴어, 아랍·산스크리스트어 등 각국어로 된 성경, 코란, 불경에 관한 책과 동·식물에 관한 도서 등 진귀한 도서들이 눈을 휘둥그레지게 했다.

그리고 4층 맞은편 한 면에는 일본 인쇄물이 가득 전시되어 있었는데, 서기 770년에 인쇄되었다는 백만탑 다라니경 복제본에 대한 설명에는 세계 최고最古의 현존 인쇄물710~790,나라시대이라 적고 독일어로 Hya- ktmant. Daranizettel이라 표기한 다음 "문도다라니文度陀羅尼, 상륜다라니相輪陀羅尼, 자심인다라니自心 印陀羅尼, 근본다라니根本陀羅尼 복각물과 복각판 제작 미즈노 마스오水野稚生=Masuo Mizuno"라는 친절한 설명까지 씌어 있었다.

그러면 우리나라의〈무구정광대다라니경〉은 어떻게 된 것인가. 1966년 10월 13일 경주 불국사 석가탑 2층의 탑신부에 안치된 사리함 속에서 처음 발견된 이 인쇄물은 늦어도 서기 751년 이전에 인쇄된 것임이 밝혀

졌음에도, 세계에서 가장 큰 인쇄박물관인 구텐베르크 박물관에는 한국의〈무구정광대다라니경〉에 대한 설명은 한 곳도 없으니 말이다. 일본 코너 옆에는 함통 9년 868년이란 발행기록이 분명한, 대영박물관에 소장되어 있는 당나라 시대의 인쇄물인 금강경 복사본을 비롯한 중국 책들이 진열되어 고 그 옆에 한국 코너가 있었다.

세계 최초의 금속활자본 간행국의 인쇄물 전시로는 너무나 초라했다. 세계 최고의 인쇄·출판 박물관에는 그래도 한국출판물 중에서 수준급은 전시되어야 하는데, 그곳에 있는 전시품은 1446년의 훈민정음 복제본, 1434년의 초주갑인자본인〈당류唐柳 선생집〉, 1455년의 을해자〈주자대전朱子大全〉, 또 발행 연대가 늦은 병자자 큰 글자의〈자치통감 강목〉, 1420년의 경자자의〈자치통감〉은 낱장 한 장인데 그것도 3분의 1은 찢기어나간 것이었다.

또 영·정조 때 간행한〈오륜행실도〉는 금속활자본이 있는데도 불구하고 전시된 것은 목판본이며 이 책을 제외하곤 모두 한자본의 책이라 외국 사람들이 중국 책으로 오인할 가능성이 컸다. 일본 코너에는 모두가 일본 글로 된 인쇄물만 전시해두었다. 우리나라도 한글로 된 인쇄물이 얼마든지 있으며 도자기활자 · 바가지 활자 등 다양한 활자본이 있는데 그런 것들을 이곳에 전시하여 한국의 인쇄문화의 면모를 드높일 수는 없는 것인지 안타까운 마음을 가지고 그곳을 나왔다. 아직 우리나라는 문화재 보호법에 묶여 문화재를 외국으로 반출할 수 없기 때문에 이런 현상도 나타나고 있겠구나 하는 자위도 해보았지만, 아직도 내 나라가 문화를 앞세워 세계에 진출하겠다는 인식이 모자라다는 생각만은 떨쳐버릴 수 없었다.

《수필공원》, 1995. 봄호.

거산巨山 도서관

우리나라에서는 요사이도 윗물이 맑아야 아랫물이 맑다는 격언이나 '위로부터의 개혁'이란 말을 자주 한다. 전제군주제 국가나 봉건제 국가에서는 당연한 격언이다. 최고 통치자나 지배계층에 의해 그 나라 정치나 문화정책이 달라졌기 때문이다. 조선시대 500년 동안에도 세종대왕과 영·정조가 선정을 베풀어 정치적 안정과 문화적 융성을 가져왔다.

현대에 들어와서 8·15해방 이후 민주국가를 세웠다고는 하지만 최근까지 군인의 통치로 인한 군사문화를 낳았다. 이제 문민정치가 시작되었으나 아직 선진국과 같이 건전한 중산층이 형성되지 못해 민중이 사회 전반을 주도하는 단계에는 미치지 못한 것 같다.

그러므로 최고 통치자인 대통령이 서울도서전 개막식에 참석함으로써 1주일 동안 사상 초유의 53만 명이란 독서인구가 책잔치에 참여했다. 이처럼 영향력이 크다. 출판선진국이며 세계 최대의 프랑크푸르트 도서전을 개최하고 있는 독일은, 18세기 말엽 영특한 프리드리히 대왕이 즉위함으로써 독서문화를 꽃피웠다. 그는 증상주의적인 계획경제 위에 책의 문화를 펼쳤다.

국내 어느 곳에나 독서클럽을 만들어 교사 · 목사 · 법률가 · 관리 · 의사 · 상인 할 것 없이 회원이 되기를 권장했다. 그리고 서점과 대본점을 열어 많은 동시대인의 독서욕을 충족시키는 데 힘썼다.

그래서 "학식 있는 사람이나 없는 사람이나 상인이나 군인 남녀노소 할 것 없이 모두 시간을 쪼개 독서를 하였다."고 1782년의 《하노버》지는 보고하고 있다.

미국도 대통령의 임기를 마치면 자신의 고향에 책을 비롯한 자료를 보관하고 그것들을 열람할 수 있는 도서관을 짓는다.

미국 레이건 대통령이 캘리포니아의 시니베일에 레이건 도서관을 준공할 때 한국에서는 일해재단 때문에 말썽이 났던 기억이 난다.

김영삼 대통령의 출생지인 거제군은 인구 10만 명에 초등학교 42개교, 중학교 10개교, 고등학교 4개교에 2,700여 명이 근무하는 삼성조선소와 1,100여 명이 근무하는 옥포조선소를 비롯한 태양실업 등 50여 개의 산업체가 있다.

그런데 신현읍 고현리에 좌석 126석에 장서 11,006권의 공공도서관 한 곳이 있을 뿐이다. 덴마크의 국민 1인당 공공도서관 장서 수 7권에 비해 0.11권에 불과한 이 문화의 불모지에 레이건 도서관 못지않는 김영삼 대통령의 아호를 새긴 거산 도서관이 세워지고 그 안에 거산 기념홀이 자리하여 김 대통령의 모든 것을 일목요연하게 볼 수 있는 교육장이 마련되었으면 한다. 해금강의 자연경관과 더불어 세계적인 명소가 되는, 한국에서 두번째 큰 섬 거제도를 그려본다.

《한국일보》1000字 春秋, 1993. 7.

일본에 있는 한국 고서

일본에 가면 꼭 고서점에 들른다. 아니 고서점을 뒤 진다는 표현이 더 맞을지 모르겠다. 혹시 한국에서 가 져간 귀중본이 없을까 하는 생각에서다. 과거의 뼈아픈 역사 속에서 그들은 우리의 책을 많이 가져갔다.

일제시대《경성일보京城日報》의 감독으로 있었던 도쿠 토미 소호德當蘇峰란 사람이 1930년 5월 동경에서 있었 던 강연회에서 임진왜란 때 빼앗아간 책들이 동경 간다 神田의 진보쬬神保町, 서점가에 몇 개의 서점을 차릴 정도 였다는 표현을 한 것을 보면 그 수를 헤아릴 수 있을 것 같다.

임진왜란 당시 서적의 약탈을 진두지휘한 군인은 조 선인의 코를 베어 그의 고향인 오카야마岡山에 코무덤을 만들었던 한성부漢城府 점령군 사령관 우키타 히데이에宇喜多秀家였다. 그는 경복궁 내 교서관의 주자소에서 금속 활자와 인쇄기를 약탈해 도요토미 히데요시豊臣秀吉에게 바쳤을 뿐만 아니라 숱한 서적을 가져갔다.

그 책들은 임진왜란 후 일본에서 권력을 잡은 도쿠가와 이에야스德川家康가 모두 수집하여 에도江戶, 현 동경 성내에 홍엽산문고紅葉山文庫를 만들었고 그가 시즈오카로 은퇴한 1602년에는 준하문고駿河文庫를 만들어 일본의 정신적 지주가 된 하야시 라잔林羅山에게 맡겼다.

일본은 임진왜란 때 약탈해간 수만 권의 서책과 조선통신사가 전해준 선진 문화로 인해 무武보다 문文을 숭상하는 문화국가가 되었다.

특히 도쿠가와 이에야스德川家康는 조선 책을 기본으로 하는 문교정책을 펴 각 지방마다 문고가 개설되었다. 도쿄의 존경각문고尊敬閣文庫, 와카야마和歌山의 남규문고南葵文庫, 나고야名古屋의 봉좌문고蓬左文庫, 미도水戶의 창고반문고彰考飯文庫, 야마구치山口의 모리문고毛利文庫 등 조선 책을 보관하고 있는 문고의 수는 헤아릴 수가 없다. 서지학자 심우준 교수가 1976년에 일본에 가서 한국 고서를 조사한 것만도 활자본 340종, 목판본

240종 등 580종에 달했으며, 일본에 있고 한국에 없는 한국 고서만도 활자본 91종, 목판본 82종 도합 173종에 달했으며 계미자본 중 우리나라에 없는 것도 1종이 발견되었다. 일본인들은 고서를 무엇보다 귀중히 여긴다. 특히 한국 고서는 열람조차 꺼리고 있는 실정이다. 그런 상황에서 한국 전적이 고서점에 나올 리야 없겠지만, 또 혹시 하고 일본에 들르면 고서점을 누빌 계획이다.

《한국일보》1000字 春秋, 1993. 6.

이 가을, 고서의 숨결과 더불어

아침 풀벌레소리가 힘차다. 낮에는 섭씨 30도를 오르내리는 기온이라지만 아침 저녁으로는 가을 기운이 완연하다.

지난 여름은 유난히도 잦은 천재天災에 시달렸다. 호우와 강풍 그리고 하늘이 찢어질 것 같은 번개와 뇌성, 그로 인한 수재로 많은 인명과 재산을 잃었다. 게다가 인간에 의한 재난과 파괴와 격돌은 또 얼마나 우리의 마음을 쓰리고 아프게 했는가. 참으로 어처구니없는 '오대양 집단 변사사건', 하루도 그치지 않는 파괴를 수반한 '노사분규' 등 숱한 사건과 충돌이 아직 끝맺음을 하지 못하고 있는데, 그래도 가을은 우리에게 다가오고 있다. 벌써 몇 년째 서울대학교에 쏟아부어졌던 그 독한 최루

탄 가스가 남풍에 실려와 정원에 서 있는 몇 그루의 과수果樹에 차곡차곡 쌓여 이파리마다 앙금으로 남아 있을 텐데도, 나무에 매달린 열매들은 제빛을 띠기 시작한다. 꽈리도 붉게 열매를 늘어뜨렸다. 황국黃菊도 꽃잎새를 거금었는가 하면 여기저기 흐드러진 과꽃이 분홍과 보랏빛으로 곱다.

서고書庫로 내려가는 돌계단 틈바구니에도 과꽃이 만발했다. 그 꽃을 밟을세라 조심스레 계단을 내려가 서고의 문을 연다. 긴 장마를 거친 해묵은 책 내음이 코에 와 닿는다. 서고에 난 창들을 모두 활짝 연다. 반지하로 된 서고라 햇빛이 나고 습도가 낮은 날이면 거풍擧風을 한다. 또 그런 날이면 내가 아끼는 한적韓籍 몇백 권을 두세 시간 정도 포쇄한다. 책을 아끼던 우리 선조들은 정부에 포쇄관이란 직책을 두어 서고의 통풍·온도·습도 등을 조절하게 하고, 특히 여름철이면 곰팡이로 인한 책의 훼손을 막기 위해 햇볕에서 말리고 바람을 쐬는 포쇄 작업을 하게 했다. 이 포쇄관은 사고史庫에서 서적을 점검하고 관리하는 사관史官으로서, 예문관藝文館의 검열檢閱이 맡아 했을 정도로 그 비중이 컸다.

내가 두세 시간 지켜 앉아서 포쇄를 하는 책 중에는

주로 문집文集이 많다. 한적고서韓籍古書를 수집하거나 다루는 분들은 주로 간기刊記가 오래된 고려본高麗本이나 조선초기본朝鮮初期本 등과 귀한 금속활자본이나 오래된 목활자본을 중요시한다. 나도 그런 고서를 갖고 싶다는 욕심이 없는 것은 아니나, 나름대로 설정한 가치 있는 문집을 구했을 때 무척 보람되고 흐뭇하다. 한적고서 중에서도 개인의 시나 문장, 그의 행적 또는 찬사로 엮어진 문집은 딴 고서들에 비해 월등히 값이 싸다. 그런데 그런 문집 중에 내가 그동안 존경하고 흠모하던 선비들의 문집을 손에 넣게 되는 날은 그렇게 기분 좋을 수가 없다.

지난 해 가을, 인사동에 있는 통문관에서 정몽주 선생의 문집인 《포은시고圃隱詩藁》초간본을 입수했을 때의 기쁨은, 발걸음을 어떻게 떼어놓으며 인사동 골목을 빠져나왔는지 모를 정도였다. 그때 통문관에서 50미터도 되지 않는 곳에 있는 고서점 숭문각에 들러 주인에게 어린아이처럼 자랑을 하였던 기억만이 지금도 희미하게 남아 있다.

이넋 《포은시고》는 정통正統 4년1439에 발간된 상하 합본 일책一冊의 목판본으로, 서문은 권근權近의 조카로서 대사성을 지낸 권채權採가 쓰고 발문은 목은 이색이 쓴 정몽주 선생의 지조와 충성이 가득 담긴 시문집이다.

정몽주 선생은〈단심가丹心歌〉를 읊고 선죽교에서 쓰러진 절개 곧은 선비면서도 이성계와 함께 조전원수助戰元帥로서 왜구를 토벌하고 동북면東北面 조전원수로서 함경도에 쳐들어온 왜구를 토벌한 무인武人이기도 하다. 또한 명나라를 세 번이나 오가며 대명국교對明國交를 회복시키고, 직접 일본 규슈九洲의 이마카와今川了俊를 찾아가 왜구를 단속해줄 것을 청하여 응낙을 받아온 뛰어난 외교관이기도 했다.

햇볕은 따갑지만 풀잎 사이로 스며들어오는 서늘한 실바람을 등에 받으며 몇 권의 한적을 뒤적여 통풍을 시킨다. 얼마 전에 장안평 고서점에서 입수한〈문절공김선생유고文節公金先生遺稿〉라는 책이 눈에 띄어 집어들었다. 이것은 조선초를 살다간 김담金淡이란 분의 문집이다. 이분은 1435년세종 17년 문과에 급제하고 집현전 정자正字로 뽑혀, 조선 역학曆學의 기본이 된《칠정산외편七政算外篇》을 이순지李純之와 함께 만들었고, 1447년에 이조정랑吏曹正郎으로 문과 중시重試에 급제하여 충주목사, 안동부사를 지내고 1458년세조 4년엔 경주부윤慶州府尹을 지낸 후 세조 9년에 이조판서에까지 올랐다.

그런데 이 문집 뒤편에는 그냥 지나쳐버릴 수 없는 명단이 첨부되어 있다. 1447년세종 29년 8월 21일에 세종대왕이 인재人材 중의 인재를 뽑기 위해 실시한 문과 중시의 합격자 명단榜目이 그것인데, 여기에는 1등 3인에 성삼문·김담·이개, 2등 7인에 신숙주·최백·박팽년·이석형·송처관·유성원·이극감 등 10인의 이름이 나온다. 이 열 사람 중 최, 송 두 분은 후세에 잘 알려지지 않고 있지만, 나머지 여덟 사람은 네 사람씩 따로따로 반대 입장에서 역사에 남아 우리에게 많은 지식과 교훈을 주고 있다. 성삼문·이개·박팽년·유성원 등은 세조 원년에 상왕인 단종의 복위를 위하여 목숨을 바친 사람들이며, 김담·신숙주·이석형·이극감 등은 세조의 치정에 끝까지 협조하면서 영의정, 팔도관찰사, 형조판서 등 온갖 권력과 영화를 누린 사람들이다. 그 중 신숙주·이석형·이극감 등은 《동국정운》, 《국조보감》, 《고려사》, 《치평요람治平要覽》, 《의방유취醫方類聚》등 많은 저서를 편술하기도 하였지만, 그러나 나에게는 성삼문이 처형당할 때 지은 시 한 수가 더욱 절실하게 다가온다.

서산에 뉘엿뉘엿 해 지려는데
북소리 둥둥 재촉하는 내 목숨,
황천 가는 길은 여숙旅宿도 없다던데
오늘 밤 나는 뉘 집에 자고 가나.

이 외에도 책은 낡을 대로 낡아 모서리가 닳아서 다 해어졌지만 보물처럼 간직하는 생육신 조여趙旅 문집, 병자호란 때 청나라에 항복하는 것을 끝끝내 반대하다 청나라에서 목숨을 잃은 삼학사三學士 중 홍익한·오달제 문집, 일본 침략에 항거하다 대마도에서 객사한 최익현의 《일성록日星錄》등을 만지고 있자면 모처럼 맞은 휴일의 오후도 시나브로 지나가고 만다.

요사이 민주화의 바람이 일자 많은 사람들이 분주하다. 그들은 무엇을 얻고 무엇을 추스리고자 하는지……. 순간이나마 잠시 멈추어 지난 역사를 돌아보고 먼 미래를 바라보는 작은 여유를 가져주었으면 좋겠다. 그래서 온갖 수난을 겪고도 마침내 결실을 맺고 마는 자연처럼 민주의 열매가 주렁주렁 맺히는 올 가을이 되었으면…….

《교보문고》, 1987. 9~10.

고서는 지智요, 향香이요, 귀貴다

나는 철이 들면서부터 깨끗한 모래사장에 잔잔한 파도가 밀려왔다 밀려가는 그런 글을 쓰고 싶었다. 파란 파도처럼 맑고 깨끗한 글에다 파도 끝에 하얀 색깔을 달고 모래톱을 스쳤다 사라지는 그런 여운을 남기는 글을 쓰고 싶었다.

그래서 글을 썼다. 그리고 그 글들을 책으로 만들어 보고 싶은 욕망이 생겼다. 그 욕망이 이루워지자 그 책을 남에게 읽히고 싶은 충동이 생겼다. 그런 욕망과 충동이 세월이 흐르면서 나의 일생을 건 직업이 되고 말았다.

나는 내가 직접 글을 쓰거나 다른 분들의 글을 모아서 책을 만들고 책을 파는 일로 40여 년을 살아왔다.

그러는 동안 내가 만든 책이 아니라 남이 만들어놓은 좋은 책을 모아보고 싶다는 생각이 들었다. 나는 책을 므으기 시작했다. 그러다 가능하면 오랜 역사를 간직한 책을 모아보고 싶다는 욕심이 생겼다. 조선조 후기에서부터 전기로, 그리고 가능하면 고려본도 수집해봐야 겠다는 생각을 가지고 있으나 그것은 그렇게 용이한 일은 아닌 것 같다. 그러나 그 바람을 포기하지 않고 항시 가능성을 가지고 고서점이나 벼룩시장을 드나든다.

고려 고종 26년1239에 고려활자본을 중조하였던 책을 그 후에 다시 새겨서 간행한《남명천화상송증도가南明泉和尙頌證道歌》를 불경고서더미 속에서 찾아 단돈 몇 푼에 사가지고 와서 서지학자에게 보였더니, 간기刊記는 희미해서 분별할 수 없지만 중대사重大師라는 직함이 있어 고려시대에 찍은 책이 분명하다고 하니 그렇게 기쁠 수가 없었다. 또, 고려 공민왕 19년1370에 왕의 장인인 안극인安克仁이 발원간행한 '금강행원불조삼경합부金剛行願佛祖三經合部'란 표제가 금박의 꽃무늬 속에 찍힌 600년이 넘는 수진본袖珍本 불경을 손에 쥐고 있노라면 열반에 달한 기분이다.

태조 4년1395에 무학대사가 회암사에서 간행한《인

천안목人天眼目》, 세종 9년1427에 주자소에서 인출한 서문은 계미자癸未字이며 본문은 경자자庚子字본인《중신교정입주부음통감외기重新校正入註附音通鑑外紀》는 귀중한 고서다. 또, 보물 774호의 이본인《선종영가집禪宗永嘉集》언해본은 간경도감에서 세조 9년1464에 간행한 책으로, 모두 볏짚종이藁精紙로 되어 있어 냄새가 향긋하다. 그리고 을해자乙亥字 분류두공부시分類杜工部詩 한글본 13, 14권도 어느 책 못지않게 아끼는 책이다.

그 낡고 헌 종이 위에 새겨진 활자 속에 기나긴 역사와 숱한 사연이 얽혀 있는 것들은 모두 나에겐 귀중한 보배다. 그래서 고서는 지智요, 향香이요, 귀貴다.

《길》, 1991. 11∼12.

탐서探書

간다神田 거리를 걸어간다. 이 거리는 이국異國 땅인데도 나에게는 생경함이 없고 친숙하다. 이 거리에는 서점이 즐비하고 서점마다 책이 가득하다. 옛 책방과 새 책방이 어우러진 거리다. 이 거리에 접어들면 나에겐 무료함이나 공허함이 사라지고 책이 모든 갈증을 삭혀준다.

내가 가끔 일본 동경에 들리는 것은 이 거리를 가기 위해서다. 일본 나리다成田 국제공항에 내리면 전철을 타거나 리무진을 타고 시내를 향한다.

그 선택은 그날의 기분이다. 날씨가 화창한 날은 리무진을 타고 창 밖으로 계절이 변한 풀숲을 보며 환경의 변화에 따른 색다른 사색을 한다. 얼마쯤 시간이 지나면 도시의 내음과 빌딩 숲 사이로 얽혀진 고가도로의 방향 표시판이 이 도시의 넓고 복잡함을 말해준다. 그러나 내가 찾아갈 곳은 도시 속의 아늑한 책마을이다. 리무진 터미널에 내리면 택시에 올라 간다의 진보죠神保町 산세이도三省堂 서점 앞까지 부탁한다고 하면 어느 기사도 되묻는 법이 없다. 이 서점의 거리는 그들에게 낯익고 친숙한 곳이다. 그리고 "예" 하고 대답하는 그 말투가 친절하다. 그 말이 가식이건 위선이건 나에겐 무척 기쁨을 준다.

목적지에 다다르기 전 벌써 큰 길가 빌딩과 점포의 간판들이 나를 유혹한다. 출판사의 이름과 잡지, 단행본, 문고 등의 선전 홍보판이 빌딩벽과 옥상에 나붙어 있고 서점들의 입간판이 딱지마냥 붙어 있다. 그러나 그 간판 속에서 나는 문화와 질서를 보는 것 같다.

택시에서 내려 자그마한 여행가방을 어깨에 매고 먼저 고서점부터 들린다. 야기八木 서점이란 오랜 고서점이다. 이 서점 주인은 고서점을 경영하면서 고서통신이란 정기간행물인 고서판매목록을 오랫동안 발간하고 있는 일본 고서적계의 원로이다. 이 책방은 오랜 일본 고서인 화본和本과 고지도, 고문서 등 고가물을 많이 소장하고 있다. 가끔 한국 한적고서韓籍古書가 눈에 띄이는 경우가 있지만 값이 만만치 않다. 일본에서 한국고서, 특히 양장본이 아닌 한적본은 그 값이 상상할 수 없을 정도로 비싸다.

한말 당시 한글 목활자본 교과서 같은 것은 국내보다 3~4배, 또 우리나라에서는 한동안 벽지나 표구, 등발이 공예품 재료로 찢겨버리는 한적 칠서七書 등도 일본 고서점에서는 보물단지 같은 융숭한 대접을 받는다.

지금은 문화재 보호법 때문에 우리의 한적이 외국으로 나갈 수 없어 일명 '섭치'라고 천대받는 우리의 문화유산이 하루속히 세계적으로 올바른 대접을 받을 때가 와야 하리라 본다.

서가에 잘 정돈된 책들을 구경하는 것만으로도 마음이 흐뭇하다. 나의 안목으로는 그다지 중요하지 않을 것 같은 책들도 잘 배접을 하거나 포갑을 하여 무척 귀하고 돋보이게 책들을 장식해놓았다. 좋고 귀한 책을 값싸게 살 수 있었으면 하는 바람이 고서점을 탐방하는 내 본심이지만 그런 횡재는 기대하기 어려운 것이 또한 일본 고서점이다. 2~3일 동안 이곳 간다神田에 머물면서 책 구경만을 할 터인데도 서점에 들르면 마음은 항

시 바쁘다. 누구인가 나를 앞질러 가면서 내가 구하고
자 하는 책을 사가버릴 것 같은 초조함이 항시 내 마음
을 급하게 한다. 그러나 나는 후미진 서가의 모서리에
꽂힌 책이나 방금 사놓은 것 같은 계산대 위에 놓인 책
에 관심을 집중한다. 그런 곳에서 좋은 책 몇 권을 건진
적이 있기 때문이다.

한일합방 3년 전인 1907년에 한국 정부가 발간한
《한국재무요람》이나, 1936년에 동경부 사회과에서 극
비에 발간한 《재경조선인 노동자현상》등은 그렇게 얻
은 중요한 자료들이다. 또는 상자 속에 가득 들어 있는
잡동사니 뭉치 속에서 한말이나 일제시대 때 한국에 관
한 사진이나 엽서 등을 찾아내는 재미는 노다지를 캐는
광부의 심정이나 산삼을 캐는 심마니의 마음처럼 어디
에다 비할 수 없는 처절한 기원이다.

30여 서점을 거치고 나면 피곤이 온다. 사고 싶은 책
을 산 때는 신바람이 나지만 그렇지 못한 때는 주눅이
든다. 그러나 항시 희망과 기대는 버리지 않는다. 서점
거리의 뒷켠에 있는〈르나르〉다방에서 잠깐 휴식을 취
한다. 차 한 잔을 마시며 클래식 음악을 듣고 여기저기
쌓여 있는 신간도서 안내 팜플렛을 살피면서 신간도서

중에 살 것 등을 체크도 한다. 다방 여기저기에는 책을 읽는 사람, 4백자 원고지에 글을 쓰는 사람, 조용히 담소를 하는 사람들로 다방 전체의 분위기는 고풍스러운 어느 궁전 도서관에 앉아 있는 것 같은 분위기다. 이럴 대면 피곤이 서서히 가신다. 좀더 앉아서 쉬고 싶은 마음과 빨리 책방에 가야하는데 하는 갈등이 생긴다. 은은히 깔려 있는 차이코프스키의〈비창〉을 들으며 다방문을 나선다.

일본 고서회관 2층에 있는《총문각》에 들어갔다. 항시 이곳에 오면 몇 권씩 책을 살 수 있었다. 반갑게 주인이 맞는다. 입구 왼켠에 한국관계서적이 꽂혔고 좀 값비싼 것은 오른쪽 서가 높은 곳에 진열되어 있다. 몇 달 전에 이여성李如星의《조선복식고朝鮮服飾考》와 소창 진평小倉進平의《향가 및 이두에 관한 연구》라는 논문집을 흥정하다가 하도 비싸서 사지 못하고 갔는데 이번에는 정가대로라도 사야겠지 하고 그 책들이 꽂힌 곳을 슬쩍 훔쳐봤더니 책이 보이지 않는다. '아차! 또 놓쳤구나.' 하는 후회가 짙게 가슴을 쳤다. '그때 그 책값이 너무 비쌌어.' 하는 위로의 다짐이 엷게 그 후회를 감싸주웠으나 허전함은 가시지 않았다. 그 책에 대해

한 마디의 말도 물어보지 않고 괜스리 주인이 미워지기 시작한다.

한두 바퀴 서점 안을 두리번거리다가 나오고 말았다. 4~5년 전에 비해 한국 관계의 고서들이 귀해지고 있구나 하는 것을 해가 갈수록 느낄 수 있었다. 일제시대의 한국자료들을 이곳에 오면 얼마쯤은 구할 수 있었는데 거의 눈에 띄지 않는 것을 보면 이제 일본 고서점에서의 나의 책몰이는 황혼이 되어가는 것 같다는 생각이 들었다. 책 거리의 중간쯤에 오면 신간을 파는 이와나미岩波 서점이 있다. 그곳에 들르면 싱싱한 생선 같은 신간들이 눈을 유혹한다. 이것 저것 주섬주섬 허천들린 사람같이 책을 줍게 된다. 이때 자제력이 필요하다.

3~4백 평 되는 서점을 두 바퀴 이상 돌아보고 꼭 필요한 책을 엄선하여 살 것. 이것이 그동안 내가 터득한 책 사입법이다. 책탐이라는 것, 이것도 탐욕이니 지나치면 죄악이라는 생각을 하며 책을 고른다. 그러나 내 직업상 필요한 책이 많기 마련이다. 한두 시간 신중에 신중을 기해 책을 산다. 책을 놓았다가 들었다가 어느 책은 몇 번씩 책장을 넘겨 서문과 목차를 읽어보고 선택을 신중히 한다. 그런데도 책방을 나설 때는 양손에

한 아름씩의 책이 들리어 있다.

벌써 날은 저물었다. 점심을 먹었는지 말았는지 허기진 것도 잊었다. 서점가의 뒷골목에 접어들면 일본식 선술집이 즐비하다. 그곳에 들려 된장국에 생선 한 토막, 닭꼬치 하나에 따끈한 일본술 한 잔을 마시고 나면 피곤이 가시면서 식욕이 동한다. 밥 한 공기를 시켜 저녁을 먹으면서도 오늘 산 책에 미련이 간다. 가방 속에 사놓은 고서를 꺼내보기도 하고 또 신간뭉치를 풀어 혹 잘못 산 책이 없나 뜯어보기도 한다. 그러나 잘 샀으면 기분좋아서 한 잔, 잘못 산 책이 있으면 기분 달래기 위해 한 잔 하다 보면 거나하게 술이 오른다. 또 책뭉치를 들고 책거리에서 4~5백미터쯤 떨어진 곳에 있는 숙소를 찾는다. 오랜 단골집이다.

덜거덕거리는 5인승 엘레베이터를 타고 5층에 오르건 서너평 되는 일본 돗자리 방이 있다. 웃옷을 벗자마자 오늘 사온 책들을 방바닥에 펼쳐놓는다. 책좌판을 벌리듯이……. 그리고선 꿈을 새긴다. 이 책을 참고로 어떤 글을 쓰고 이것을 참고로 어떤 책을 출판하고 이 책은 저자와 계약을 하여 번역출판을 해야 겠다는 생각의 이어짐이 끝없이 길어진다.

이런 책의 탐서探書는 내일도 또한 이어질 것이다. 내가 있고 책이 있는 한 길들여진 관성에 의해 계속 이어질 것이다.

《PEN》, 1996. 12.

묘법연화경

집풍경風磬소리에 잠을 깨던 시절이 있었다. 나는 중학 1~2학년 때에 순천順天 시내에 있는 용화사龍華寺라는 절에서 먹살이寄食를 했다. 풍경소리에 새벽잠이 깨면 먼저 걸레를 샘물에서 빨아 들고 2층 법당으로 올라갔다. 불빛을 밝히고 먼지 한점 있을 것 같지 않은 법당 마루를 쓸고 닦았다.

아침 예불禮佛 시간이 되면 스님들은 장삼長衫을 갖춰 입고 법당으로 올라오신다. 나는 스님들에게 목례를 하고 스님들이 기거하시는 방으로 내려간다. 그럴 때면 방을 치우기 전에 윗목 앉은뱅이 책상에 놓여 있는 두툼한 한적韓籍 두 권의 책에 항시 눈길이 갔다. 두꺼운 참종이에 정교하게 인쇄된 5철본五綴本, 겉장에는 '묘법연화경妙法蓮華經'이란 달필의 제첨題簽이 붙어 있다. 조심스럽게 책장을 넘기자면 순한문으로 인쇄된 글귀라 뜻은 알 수 없지만 심오한 진리가 글 속에 스며있을 것 같다는 생각이 들었다.

그때 용화사에는 누비옷만을 입고 다니시는 걸레 스님이 한 분 계셨다. 나는 생식을 하시는 그 스님을 위해 쉬는 날이면 향림사香林寺 뒤쪽 깊은 산 속에서 솔잎을 따다가 찹쌀과 같이 절구질을 하여 환을 만들어 드리면서 가깝게 모셨다. 언제인가 스님에게《묘법연화경법화경》이란 책이 무슨 책이냐고 물었더니 이 불경은 부처님께서 세상에 나온 뜻을 알리는 매우 중요한 경전 중의 하나로, 임진왜란 직후 순천 송광사에서 발행한 것으로 7卷 3冊분인데 한 책이 모자라 완질이 아니라며 무척 안타까워하셨다. 나는 그 후에도 걸레 스님에게 몇 번인가〈묘법연화경〉에 대한 내용을 물었으나 스님은〈팔정도八正道〉나〈숫타니파아타〉에 나오는 부처님의 말씀을 들려주실 뿐〈묘법연화경〉에 대한 가르침은 주시지 않았다. 그 후 나는 오랜 세월 동안 불경을 접할 기회를 얻지 못했다. 그러다 5·16 군부쿠데타가 난 후 고서점을 경영하면서 한용운 선사의〈불교대전〉등 많은 불경을 접하게 되었다. 그 중에서도〈묘법연화경〉에 대한 관심은 어느 불경보다 깊었다. 감수성이 예민한 중학교 시절에 가졌던 호기심 같은 것인지 모른다.

나는 출판업을 시작하면서 그때 걸레 스님이 단편적으로 들려주셨던〈숫타니파아타〉를 동국대학교 교수로 계셨던 김운학 스님에게 부탁드려 번역서를 내었다.

그리고 친구인 박혜경 스님에게〈묘법연화경〉을 쉽게 이해할 수 있는 책을 꾸며내고 싶으니 원고를 써달라 간청을 하여 《법화경묘법연화경입문》이라 이름 붙여 발간하였다.

이 책의 추천사에서 법화종 법주 김혜선 스님은,〈묘법연화경〉은 28품 중 전편 14품에 속하는 적문迹門편에서 이 우주의 실상이 현상現象으로 나타날 때에는 각기 천차만별의 모습을 짓고 있지만 그 근본적 바탕에 있어서는 단 하나의 평등한 불성佛性이 있음을 관조觀照하고, 본문 진실편에서는 이 불성으로 우리 인간을 비롯한 우주의 모든 존재들이 영원불멸한 생명으로 살아가고 있다는 사실을 자각하고 그에 대한 감사와 기쁨을 다른 사람들에게 전하여 유통시키도록 전한 경전이라 하셨다. 이 경전의 약왕보살본사품에는 이〈묘법연화경〉이 능히 중생으로 하여금 일체의 괴로움과 일체의 병통을 여의게 하고 능히 일체 생사의 얽힘을 끊어 풀어준다고 하였다. 이〈묘법연화경〉과 연을 맺은 지 50년. 나는 이 경전의 깊은 뜻을 아직 터득하진 못했지만 조선 정종 1년1399에 펴낸 남재南在 발문본으로부터 정조 23년1799에 순천 송광사에서 발행한 한글 혼용본까지 72종 103책의 한적《묘법연화경》을 나의 서재에 두고 있다. 석가모니 세존께서 영취산에서 설하신 말씀을 요진姚秦의 구마라습鳩摩羅什이 《묘법연화경》이란 제목으로 번역한 지도 1589년406이 되었고, 우리나라 간경도감에서 윤사로, 황수신 등이 왕명王命으로 한글본으로 번역한 지도 531년1464이 된다.

이 경전은 부처님의 종교적 생명을 설법한 것으로 모든 경전 중에서 가장 존귀한 위치를 영원토록 간직할 것이다.

《현대불교》, 1995. 2.

책이 있는 풍경

나에게 가장 인상 깊었던 그림이 있다면 장 프랑수아 밀레의〈이삭줍기〉였다.

나는 어렸을 때 감자나 고구마를 추수한 다음 다른 곡식을 심기 위해 쟁기질을 하다 캐어져나온 감자나 고구마를 줍는 일이 그렇게 신이 날 수가 없었다. 그리고 노랗게 물들어 떨어진 은행나뭇잎을 주워 책장 사이사이에 끼워놓고 그 잎 위에 짧은 시구를 적는 일도 재미있었다.

그 후 나는 엿장수의 가위소리만 들리면 마음이 뛰었다. 엿장수의 엿판 위에 혹 내가 읽을 만한 책이 없나 하는 호기심 때문이었다. 한 번은 집에 있는 놋그릇과 책을 바꾼 일도 있다. 그 일로 어머님에게 혼쭐이 나기도 했지만, 엿장수가 엿과 바꿔 가지고 다니던 고물과의 인연은 오랫동안 지속되었다. 시골에 있을 때엔 뤼팽의 탐정소설이나 월간지인 《학원》, 《수험계》등의 과월호를 엿장수로부터 싼값에 구해보기도 했고, 환도 후 서울에 올라와서는 신문지 등을 모아두었다가 《사상계》, 《법정》등의 해묵은 잡지들과 바꾸기도 하였다.

이렇게 시작된 나의 헌 책 수집벽은 오늘날까지 이어지고 있다. 밀레가 추수를 하는 모습이 아니라 추수 후 떨어진 하찮은 이삭을 줍는 사람들을 그렸 듯이, 나도 값이 싸고 귀한 것보다는 남들이 하지 않는 이삭줍기와 같은 수집에 취미를 두고 있다.

우리나라의 옛것 중에서도 고려청자나 이조백자, 단원·겸재 등의 그림, 혹은 율곡·완당 등의 글씨를 수집하여 소장하면 오죽 좋겠는가마는, 나는 그런 것에 대한 식별의 안목마저도 미치지 못하고 있다. 그래서 20여 년 전부터 헌 책 모으기에 취미를 붙였다. 그 전에도 즐겨 책을 사는 습관은 있었지만, 취미라기보다 꼭 필요한 책을 사는 정도였다. 헌 책방이나 엿장수, 고물장수가 모이는 곳이면 어디든 찾아다녔다. 그런 곳에서 헐값으로 쓸 만한 책과 자료가 될 만한 인쇄물을 샀을 때의 기분은 이루 형용할 수 없었다. 그러다 그 어수룩한 고물상 거래도 세상이 맑아지면서 그런 재미마저 나에게서 빼앗아갔다.

하지만 일단 맛들린 고서 수집벽을 털어버릴 수 없어 나는 고서방을 드나들게 되었다. 처음에는 잡지·양장본들을 수집하다가 차차 선조들의 몇백 년 손때 묻은 한적고서에 관심이 가기 시작했다. 요사이도 토요일 오후면 가끔 인사동이나 장안평의 골동가를 찾는다. 그곳에 가면 선조들의 손길로 이루어지고 오랫동안 간직되어온 여러 가지 민예품과 고서화를 완상할 수 있다. 갖가지 문양이 새겨진 떡살로부터 몰골이 일그러진 백제 토기 등 관람료를 주지 않고도 매만지고 볼 수 있다는 것만으로도 여간 흐뭇한 일이 아니다. 이러한 온갖 민속품과 고서화류의 가게 사이에 가뭄에 콩 나듯이 고서점이 끼여 있다. 고서점 주인들과는 대부분 가깝게 지내는 처지다. 나는 수인사를 하자마자 고서더미를 뒤적인다. 어렸을 때 해변가에서 호미로 자갈밭을 일구어 조개를 주으면서 밀물이 밀려올까 가슴 죄던 그런 마음이 된다.

해일이 밀려오는 것도 아니고 누가 쫓아오는 것도 아

닌데, 고서점에 들르면 괜스리 마음이 급해진다. 내가 찾고 있는 희귀본이나 고판본이 먼지와 손때에 절은 고서더미 속에서 혹 나오지 않을까 조바심을 한다. 그러나 대부분은 허탕이다. 흔해빠진 중국 고전인《사서삼경칠서》의 낱권이나 중국 고전을 베낀 필사본 등이 고작이다. 이럴 때 가게 주인이 슬며시 궤짝 속이나 책상 서랍에 감추어두었던 고서 몇 권을 집어내 보인다. 그 행동에는 이 고서는 당신에게 주기 위해 특별히 남겨둔 것이라는 배려의 뜻도 있지만 그보다는 고가본이라는 뜻이 더 많이 담겨 있다. 어느 때는 오백 년이 넘는 금속활자본이 있는가 하면, 또 육 칠백 년이 넘는 불경 목판본이 나오기도 한다.

그런데 나는 이러한 고가본보다 부담이 가지 않는 돈으로 지조를 지켜온 선비들의 문집을 사들고 가게 문을 나올 때가 가장 마음 편하고 즐겁다. 10여 년 전만 해도 이 삼백 년 넘는 금속활자본도 그다지 비싸지 않았으며 불경 등은 몇백 년 넘은 책들도 값이 쌌다.

나는 값싼 불경과 우리나라 선조들의 문집文集을 사모으기 시작했다. 그 중에서도 〈묘법연화경〉에 간기가 있는 책을 집중적으로 수집하기도 했다. 요즘 책으로 말하면 판권이라 할 수 있는 간기란에는 발행일자, 발행소, 그리고 목판본인 경우 누가 글을 쓰고 어떤 사람이 각을 하였다는 기록 등이 상세히 찍혀 있어 출판인쇄사 연구에도 도움이 될 것 같아서다.

앞으로 문집이나 불경 등의 값이 오르면, 값이 싼 《사서삼경칠서》의 질이 맞지 않은 낱권들이라도 수집할 생각이다. 몇백 년 동안 우리 선조들의 손때 묻고 학문적 숨결이 배어 있는 고서들이 갈기갈기 찢기우고 천대받는 모습이 사라질 때까지 고서방을 드나들 생각이다. 이제는 고서 수집벽의 늪에서 빠져나올 만한 또 다른 취미가 있을 것 같지 않아서라도 헌 책 사랑을 지속하리라.

《원우》, 1995. 7.

청심淸心

나라 안이 온통 정치인들과 고위 공직자들의 재산공개로 시끌벅적하다. 어떤 사람은 몇백 억의 재산을 갖고 있는가 하면 어떤 사람은 변변한 집 한 채 갖고 있지 못한 사람도 있다. 그런데 여느 때와는 달리 재산을 많이 가진 사람을 부러워하는 것이 아니라 가난한 선비들을 선망하고 존경하는 세론이 한때나마 지배적이다.

"가난이 문으로 들어오면 행복은 창으로 도망간다."는 말대로 우리는 가난을 무척 두려워했다. 그러나 그 가난이 나 자신을 팔 만큼 가난해서도 안 되겠지만, 또한 남을 살 만큼 부자여서도 안 된다. 돈이면 세상 일을 마음대로 할 수 있다는 황금만능주의가 이렇게 세상을 병들게 하고 말았다. 소위 명예와 권력을 누린 사람들이 왜 그렇게 돈마저 가지려 했는지 알다가도 모를 일이다.

나는 차관급 재산공개 명단에서 유독 눈에 띄는 한 분이 떠올랐다. 어려운 생활 속에서도 책을 읽기 위해사 모은 책들이 천만 원에 상당한다는 발표가 마음을 짜릿하게 했다. 얼마 전 12억 중국인들을 슬픔에 잠기게 한 왕진王震 부주석의 죽음 뒤에 남긴 일화처럼.

그는 부총리급 이상만이 사는 중남해中南海 지역에 살지 않고 누추한 옛집에 살면서 남긴 유산이라곤 책 1천 권과 지팡이 한 개뿐이었다.

이 지팡이를 의지하여 전국을 누비면서 인민들의 삶을 살펴보고 그것을 국정에 반영하였으며, 그가 받는 월급은 생활비만 남기고 모두 교사들의 장려금으로 지급하고, 죽기 전에는 각막까지도 기증하였다는 것이다.

그의 이러한 청빈사상 속에는 그 사상을 살찌게 하는 원동력이 있었을 것이다. 분명 그것은 선현들이 남기고 간 진리에서 터득하였을 것이다. 그 진리는 책 속에 있다. 지도자가 되려거든 먼저 책을 읽자. 정다산의《목민심서》에 나오는 '율기육조律己六條' 중 청심淸心 한 구절을 읽었던들, 그리고 법정 스님의《무소유》라는 수필한 편을 읽었던들 물욕에 빠져 허우적거리는 신세들은 면했을 것이 아닌가 하는 아쉬움이 남는다.

《한국일보》1000字 春秋, 1993. 4.

한 편을 읽었던들 물욕에 빠져 허우적거리는 신세들은 면했을 것이 아닌가 하는 아쉬움이 남는다.

‘책을 펴자’

새해가 열렸다. 새해란 시간의 개념이기보다 의식의 전환이다. 묵은 것을 돌이켜 뉘우치고 채근하며 새로움에 마음 쏟는 것이다.

지난 한 해를 보내면서 아쉬움이 남는다. 지난날을 열심히 살아온 사람일수록 농도는 더욱 짙을 것이다. 그리고 젊은이보다 나이가 든 사람의 느낌이 더욱 강하기 마련이다.

이런 지난날의 아쉬움들이 새해를 맞으면서 새로운 계획을 세우게 한다. 그런데 그 계획이 아무런 바탕없이 즉흥적이거나 단발적으로 세워지는 경우가 많다. 그러나 먼저 무엇을 어떻게 설계하고 진행할 것인가 하는 것은 자신의 체험적인 바탕 위에서 짜여져야 한다. 그

다음에 타인의 체험과 거기에 수반되는 이론 등이 뒷받침 되어야 한다.

이 타인의 체험과 이론은 교육에 의해서 습득할 수도 있지만 가장 손쉽게 얻을 수 있는 방법은 책 속에 있다. 책은 만인의 지혜라고 했다. 헤르만 헤세도 "책 속에 네가 필요로 하는/모든 것이 있다./태양도, 별도, 달도/네가 찾던 빛은/네 자신 속에 살아 있기 때문에./네가 오랫동안/만 권의 책 속에서 구하던 지혜는/지금 어떤 책장에서든지/빛나고 있다./그것은 너의 것이기 때문에"라고 읊고 있다.

우리는 지난날의 미움과 분노를 책으로 삭힐 수 있다. 부처님의 첫 말씀을 모아 엮은 《숫타니파아타》란 책이나 "인간의 내면이야말로 진리가 사는 집"이라고 하여 언제나 개인의 영혼 문제를 철학의 출발점으로 삼았던 《성聖 아우구스티누스의 참회록》이나 이 참회록과 더불어 3대 참회록이라고 불리우는 《루소의 참회록》, 《톨스토이의 참회록》등은 과거를 반성하고 성찰하는 데 좋은 교본이 되어주고 있다.

책은 과거를 들여다보는 거울이면서 미래를 내다보는 넓고 끝없는 바다다. 우리는 책 속에서 앞으로의 삶을 설계하고 정치와 경제를 예측하며 문화를 창조한다.

"자기 자신을 믿자. 자기의 재능을 신뢰하라! 자기 힘에 대한 겸손하고도 확고한 자신이 없으면 성공할 수 없고 행복해질 수도 없다."로 시작되는 노먼 필 박사의 《적극적 사고방식》, "단점보다 장점을 보라. 상대방을 지배하지 말라. 상대방의 이름을 기억하라."고 말하고 있는 인간 처세술의 지침서인 《카네기 처세술》등은 우리들의 삶을 좌절에서 건져주고 삶을 풍요롭게 하는 보고寶庫다. "애덤 스미스의 《보이지 않는 손》, 마르크스의 《자본주의 붕괴론》, 스펜서의 《사회 다원이즘》등이 그동안 신봉자에게는 신념의 기초가 되었으나 이제는 어느 것 하나 확실한 것이 없는 불확실성의 시대에 접어들었다."고 선언한 갈브레이드의 《불확실성의 시대》, 앨빈 토플러의 《제3의 물결》, 《미래의 충격》과 《권력이동》이나 드러커의 《미래기업》등 정치 · 경제 분야를 점검하고 예측하는 무수한 책들이 쏟아져나오고 있다.

우리는 이러한 책 속에서 자기발전과 사회발전, 더 나아가서는 국가발전을 가져와야 한다. 일본 사람들이 한국을 얕잡아보는 가장 큰 이유가 한국의 엘리트와 국민들이 책을 읽지 않기 때문이라고 했다.

최근 한국언론조사연구소의 조사결과에 따르면 우리 나라 응답자의 71.4%가 1년에 한 권 이하의 책을 읽고 있다는 사실이다.

이제 1993년은 문화부가 지정한 책의 해다. '책을 펴자, 미래를 열자.'라는 슬로건을 걸고 새해는 밝았다.

책을 읽는 사람이 존경받는 사회, 책을 가까이 하는 사람이 사회의 지도층이 되는 사회가 되어야겠다.

한 권의 책을 저고리 주머니에 꽂자. 한 권의 책을 베갯머리에 놓자. 그래서 책과 가까이 지내는 한 해가 되었으면 한다.

《起亞》, 1993. 1.

고서는 문화의 열매

　고서古書는 신간의 뿌리다. 매일매일 쏟아져나오는 그 수많은 책들은 바로 옛 책들에 의해 창조되고 그로부터 도출된 것들이다. 그런데도 한국의 고서들은 거기에 합당한 대우를 받고 있지 못한 것 같다.

　우리는 세계 최초로 금속활자를 만들어 책을 인출印出한 나라라고 자랑하고 있다. 프랑스 파리 국립도서관에 있는 《불조직지심체요절佛祖直指心體要節》이 금속활자본이냐 아니냐 하는 서지학자들 사이의 논쟁을 떠나서라도, 1403년에 만들어낸 계미자본癸未字本이 구텐베르크 활자본보다 훨씬 앞선 것이다.

　독일의 구텐베르크가 연주조鉛鑄造 활자로 《면죄부》, 《천문력》, 《42행 성서》를 출간해낸 것이 1450년대지

만, 우리 선조들은 그보다 먼저 동활자인 계미자1403
년로《십일가주손자十一家註孫子》등 수십 종, 경자자庚子
字;1420년로《노걸대老乞大》,《박통사朴通事》등 수십 종,
그리고 초주갑인자初鑄甲寅字;1434년를 위시해 재주再鑄,
삼주三鑄 등 새로운 모양의 활자를 개발하면서 이루 헤
아릴 수 없이 많은 도서를 인출해냈다.

금속활자뿐만이 아니다. 신라 성덕왕 5년706경 인출
된 것으로 추정되는 경주 불국사 석가탑 안에서 발견된
다라니경陀羅尼經에서 비롯된 목판인쇄로도 고려《팔만
대장경》등 수많은 인쇄물을 인출해냈다.

우리 선조들은 문文을 숭상하는 문민이었으며, 책을
아끼는 고절한 풍모를 지녀왔었다. 그러나 현대에 와
서는 옛 선조들의 지혜와 손때가 묻은 고서들이 한없이
천대를 받고 있다. 2,3백 년이 넘었을 법한〈사서삼경〉
낱권들이 벽발이 초배지로 사라지는가 하면, 옛 선비가
족히 한 달쯤은 정성스럽게 썼을 것 같은 필사본 서책
이 단돈 2,3천 원에 팔리거나 파지화하고 있다.

나는 일본의 출판계를 돌아보기 위해 몇 차례 일본
에 간 일이 있다. 그때마다 공식적인 행사 시간 이외에
는 간다神田에 있는 고서점을 돌아보기 위해 숙소도 그

근처에 정하고 고서점 순례를 한다. 깨끗하게 진열되어 있는 고서 중에서 '화본和本;일본고서'을 구경하기는 어렵고, 모두가 명치시대 이후에 출간된 양장본들이다. 간혹 2,3백 년 넘은 고본古本을 들고 값을 물으면, 잡서류라도 1만 엔 한화로 10만 원을 호가하고 있었다. 나는 그곳에서 주머니 사정이 허락하는 대로 한국에 관한 도서를 사면서 이것이 애국이라는 자만심을 가져보기도 했다.

그 후 나는 인사동과 청계천 그리고 변두리 고서점에 드나들게 되면서 많은 한적본 문화재를 접하게 되었다. 그런데 이 한적본들이 너무 제값을 받지 못하고 있다는 느낌이 드는 것이었다. 몇 해 전인가, 여의도 도서전시장에서 한적을 수북히 쌓아놓고 "한 권에 500원 1000원" 하고 소리치며 호객하던 그 소리가 지금도 귓가에서 사라지지 않는다.

고서는 그 나라 문화의 꽃이요 열매인데, 이렇게 고서를 천시하면서도 문화국가라 할 수 있는 것인지…….

한때 골동품과 고서화류가 복부인들의 사재기로 값이 뛰어오른 적이 있었지만, 고서가 재산 증식의 한 방편이라도 되어 수집가가 많이 생겨서 휴지화하는 고서 문화의 소멸을 막을 수 있었으면 한다. 그리고 대학과

연구단체들도 도서구입비를 늘려 사라져가는 문집 등
한적류의 구입을 신간과 병행해야만 우리 선대의 문화
를 길이 보존할 수 있을 것 같다.

《독서신문》, 1987. 4.

마하트마 간디전傳

책은 항시 기다려주는 친구다. 또 책은 언제나 변함이 없는 애인이다. 그리고 무한한 지식과 지혜를 주는 스승이다.

책은 인간들의 온갖 고뇌와 번민을 위로하는 한편, 지루하고 따분한 시간을 즐겁고 유익하게 만들어준다.

존 플레처는 이렇게 찬미했다.

내가 즐겁게 지내도록 내버려두라.

가장 좋은 벗인 책들이 있는 곳은

내게는 영광스러운 궁전과 같도다.

나는 거기서 항상 옛 현인들과 철학자들과 대화를 나눈다.

그리고 변화를 위해 때때로

나는 왕이나 황제들과 이야기를 나누며

그들의 충고를 평가한다.

만약 부정하게 취한 것이면

그들의 승리도 준엄하게 힐난하고

내 공상 속에서 잘못 놓인 그들의 조상彫像을 지워버린다.

그렇다면 내가 불확실한 허영을 잡으려고

그런 끊임없는 즐거움을 버릴 수 있는가?

아니다. 너희는 부를 더 쌓기를 원하겠지만

나는 지식을 늘리기를 원한다.

이처럼 책은 지식을 늘려주며, 남에게 도둑맞지 않는 정신적 자산을 우리에게 준다. 이런 책과 더불어 나는 50평생을 살아왔다. 한때는 식음을 잊다시피 하고 밤낮으로 책에만 몰두했었고 또 한때는 책이 좋아 책방을 차려놓고 책을 팔기도 했다. 지금도 출판사를 차려 책을 만들고 더 나아가 옛날 책들을 사들여 거기에서 옛 선조들의 혼과 체취를 맛본다.

이렇게 책과 더불어 살아왔고 또 앞으로도 그렇게 살아가겠지만, 그동안 수없이 거쳐간 그 책들 중에서 나의 마음을 가장 사로잡은 것을 하나 들라면 나는 주저

없이 《마하트마 간디전》을 들 것이다. 책을 오락으로보다는 자기 발전과 자기 성찰을 위해 읽는다고 했을 때, 이 《마하트마 간디전》은 나에게 많은 것을 가르쳐준다.

나는 '간디'에 관한 전기라면, 로맹 롤랑이 지은 것이나 리처드 에딘버러경이 엮은 것 등 어느 특정한 것만을 골라 읽은 건 아니다. 무명인사가 쓴 것이나 만화 《간디전》, 동화 《간디전》할 것 없이 어떤 것이나 즐겨 읽으며, 또 어느 책에서나 감명을 받았다.

간디는 인도의 계급사회를 이룬 네 계층 중 셋째 계급에 속하는 바이샤 가문에서 태어났다. '간디'라는 말 자체가 '식료품'이라는 뜻을 가지고 있듯이, 그는 식료품상의 후예다. 학생시절 그의 성적은 중간쯤이었고, 몹시 수줍어하여 남 앞에 나서기를 꺼려했었다. 그리고 열두 살 때 친척 뻘 되는 소년의 유혹에 빠져 담배 살 돈을 마련하고자 형의 소지품을 훔치기도 한, 어떻게 보면 불량아가 될 가능성조차 있었던 소년이었다.

그러나 열다섯 살 되던 해, 힌두교인의 금기인 고기를 먹었던 일, 담배를 피웠던 일, 거짓말을 했던 일, 돈이나 물건을 훔쳤던 일 등 자기가 저지른 죄를 모두 아버지에게 편지로 고백한 후 간디는 새로운 삶을 살아가기 시작했다. 그 후 그는 영국의 식민지였던 인도의 해방과 독립을 위해 무엇을 어떻게 할 것인가에 대한 일념으로 평생을 살았다.

그는 남아프리카에서나 영국에서나 인도에서나, 인도 국민을 위해 열심히 일했고, 인간은 모두 평등하다는 사상을 외쳤으며, 그러기 위해선 자기를 희생해야 한다는 세 가지 삶의 목표에 따라 살아갔다. 또 그는 영국과의 투쟁에 있어서, 참되고 옳은 일을 하기 위해서는 사랑과 힘으로 버티되, 적을 미워하고 고통스럽게 하는 대신 그 고통을 스스로 감수하면서 참된 일을 실천한다는 무저항주의 투쟁 노선을 택했다.

그는 모든 사람들로부터 버림받은 천민을 사랑했다. 천민의 딸을 양녀로 삼은 후 간디는 "죽은 다음 이 세상에 다시 태어난다면 나도 박해받는 천민이 되고 싶다. 그들에게 주어진 슬픔이나 천대를 같이 겪으면서 그들을 고통에서 건져내고 싶다."고 했다. 또한 인도가 영국의 속박에서 벗어난 후 힌두교도와 이슬람교도들 간에 싸움이 치열해져 민족이 분열되는 것을 보고, "내 몸을 둘로 찢어도 좋으니 제발 인도는 둘로 쪼개지 마라. 같은 민족끼리 서로 죽이고 싸운다면 우리가 그동안 독립을 위해 싸웠던 보람이 조금도 없지 않느냐."고 탄식했다.

그리고 그 자신 힌두교도였지만 힌두교도 편은 조금
드 들지 않고, "나는 내 동지인 힌두교도의 그릇된 행동
을 지지하기보다는 차라리 힌두교도로서의 행세를 포
기하겠다."며 피해를 입은 이슬람교도를 구원하기 위한
므금 운동을 벌이기도 했다. 그는 파키스탄의 분할 독립
을 끝까지 반대했고, 인도가 독립되어도 나라가 둘로 나
느어진다면 독립하지 않은 것만 못하다고 한탄하면서,
"분단된 새 인도에는 내가 살아갈 곳이 없다. 나는 125
세까지 살려고 했지만 분단된 조국에서는 1,2년만 더
살면 된다."고 했다. 그로부터 1년 후 간디는 그에게 불
만을 품고 있던 같은 힌두교도의 총탄에 목숨을 잃었다.

간디는 생전에 어떤 지위도 없었다. 그저 억울하고
탄압받는 자를 위한 변호사였으며, 인도의 독립과 조
국의 분단을 막는 데 혼신의 노력을 다한 애국자였다.
도한 그는 동양 최초로 노벨문학상을 탄 시성詩聖 타고
르가 그에게 붙인 '마하트마위대한 영혼'라는 이름보다
'바이형제'나 '바브아저씨'라고 불리는 것을 더 좋아했던
인물이었다.

우리는 지금 영국에 셰익스피어가 있듯이 인도에 간

디가 있음을 부러워한다. 요즈음의 시류에서 볼 때《마하트마 간디전》은 더욱 우리의 마음을 흠뻑 적셔주며 또한 많은 것을 시사해주고 있다.

오늘도 간디는 "성자聖者는 죽지 않고 역사 위에 영원히 산다."는 진리를 우리에게 선명히 보여주고 있지 않은가.

《기아》, 1988. 3.

마음이 약해질 때 펼치는 책

탐욕을 떨어버려야 할 나이가 되었는데도 나는 아직 몇 가지의 탐심을 버리지 못하고 있다.

한참 성장기에 먹어야 할 음식을 먹지 못하고 굶주렸기 때문에 떨어버릴 수 없는 식탐, 왕성한 독서욕을 책이 없어 채우지 못했기 때문에 생긴 책탐이 그것이다. 나이가 들었으니 누그러질 것과 같은데 그 두 가지 탐심은 오히려 더해가는 것만 같다.

생활에 여유가 생기고 맛있는 음식을 대할 기회가 잦아지면서 나는 가끔 과식을 한다. 중년을 넘기도록 만복滿腹의 즐거움을 맛보지 못한 나로선 그와 같은 욕심을 떨어버리기가 어렵다. 그러나 과식이 현대인에게 많은 병을 유발시킨다는 것을 알고 가능하면 음식 섭취량을 줄여보려고 노력하여 얼마쯤은 그렇게 하고 있다.

그런데 책탐은 날이 갈수록 더해만 가 가끔 억제해버리려고 하나 여의치가 않다. 지금도 매일 신간서점이나 고서점에 들러 몇 권의 책을 사는 버릇을 버리지 못하고 있다. 집의 서가에는 줄잡아 2만여 권의 책이 꽂혀 있다.

7,8년 전 집을 신축할 때 아예 2층 서재와는 별도로 반지하실에 서고를 꾸몄다. 그래서 자주 보아야 할 책이나 귀중본이라 여겨지는 책은 2층 서재에 두고, 그렇지 않은 책들은 새로 사온 책들에 밀려 지하 서고로 옮겨지게 된다.

그런데 그 중 한 권의 책은 그다지 볼품도 없고 값비싼 책도 아닌데 항시 내가 앉아 있는 걸상 가까이에 놓여 있다. 가장 어려웠을 때 정을 나누었던 친구나 연인처럼, 짙은 연민의 정이 스며 있어서 일까……

중학교 3학년 때쯤인 것 같다. 6·25동란으로 온 세상이 황폐화 되었을 무렵이라, 책방 하나 온전한 곳이 없었다. 내가 학교를 다니던 S시도 인민군이 휩쓸고 간 늦은 가을의 스산함이 소름돋게 하는 그런 분위기였다. 나는 그런 시가지를 거닐다 반쯤 열려 있는 서점으로 무심코 발을 들여놓았다. 얼마쯤의 책이 책장에 비스듬히 꽂혀 있었다. 나는 그 책들 중에 영한 대역본 한 권을 사들고 서점을 나섰다. 난리통이라 변변한 영어 교과서가 없어서 그것으로 영어 공부를 해보려는 속셈이었다.

책 표지에는 《인생의 선용善用》이란 우리말 제목과 그 밑에 The Use of Life란 영문 표제가 덧붙여져 있었다. 나는 그 책을 들고 가끔 혼자 거닐던 '이수천二水川' 둑으로 가 한적한 곳에 앉아 책장을 펴고 읽기 시작했다.

인생에 있어서 배워야 할 가장 중요한 일은 '어떻게 살 것인가' 하는 것이다. 삶만큼 인간이 오래 유지하기를 원하면서도 정작 잘 살기 위해 전혀 노력하지 않는 것도 없다.

'어떻게 살 것인가', 이는 결코 단순한 문제는 아니다. 히포크라테스는 그의 의학적 금언집 서두에서 이렇게 말하고 있다. 인생은 짧고 예술은 길다. 기회는 덧없이 흘러가버리고 시도는 불확실하며 판단은 어렵다고.

인생에 있어서 행복과 성공은 환경에 좌우되는 것이 아니라 자기 자신에 좌우된다. 타인들에 의해 파멸된 사람보다 자기 자신에 의해 파멸된 사람이 더 많으며,

폭풍우나 지진으로 파괴된 집이나 도시보다 사람의 손에 의해 파괴된 집이나 도시가 더 많다.

이렇게 시작된 이 책을 나는 땅거미가 내려앉아 글씨가 잘 보이지 않을 때까지 읽다 집에 돌아와선 밑줄을 그어가며 밤을 새워 읽었다.

그 후 나는 수시로 마음이 약해지거나 갈등을 느낄 때면 이 책을 펼쳐들고 그 수많은 경구들을 소리 높여 읽어 내려갔다. 영어 공부를 하기 위해 산 책이, 어학 공부의 스승이 되기보다는 한없이 방황하던 그 시절의 나에게 인생의 큰 스승이 되어준 것이다.

많은 세월과 변화 속에서 단기 4281년1948판 초판본을 잃어버린 나는 서울에 온 후 책명마저도 영문자로만 표기된 11판본을 사서 지금도 애지중지 내 곁에 두고 경구 한 줄 한 줄을 이렇게 음미해보고 있다.

"인생은 장미의 화원도 아니며, 그렇다고 전쟁터도 아니다."

"행복은 환경의 결과가 아니라 마음의 상태다."

이런 구절들이 50고개를 넘은 내 마음을 움직이게도 하며 사로잡기도 함은 아직은 어린 마음 탓일까?

《교보문고》, 1986. 12.

불서의 간행

두툼한 볏짚종이藁精紙에 목판으로 인쇄된《능엄경언해》의 책장을 넘기고 있노라면 500년 전 불경 읽는 소리를 나 홀로 듣고 있는 것 같은 환상에 잠긴다.

나는 몇 달 전 석보상절자체로 인쇄된《능엄경언해》란 한적으로 된 불경 한 권을 구했다. 이 책은 세조 7년1461에 왕이 친히 번역을 하고 간경도감에서 간행한 것으로 한글 번역서로는 최초의 것이 아닌가 본다. 1446년, 세종대왕이 한글을 반포한 직후《석보상절》을 간행하고 그 후 온 백성에게 널리 불경을 읽히고자 세조가 그 중 특히 불교의 선종禪宗에서 중하게 여기는 이 능엄경을 번역, 간행한 것 같다.

이《능엄경언해》는 중앙아시아 구자국龜玆國의 불경

번역가인 구마라습鳩摩羅什 스님이 산스크리트어로 된 원전을 후진後秦 때 한문으로 번역한 것을 한글로 다시 번역한 중역본이지만, 우리나라에서 우리 백성에게 읽히기 위한 최초의 번역서가 불경이었다는 데 큰 뜻이 있다.

그리고 서기 706년쯤에 목판으로 찍은 가장 오래된 인쇄물로 추정되는《다라니경陀羅尼經》이나 세계에서 공인된 가장 오래된 금속활자본인《직지심체直指心体》도 불경이었다는 점을 우리는 상기할 필요가 있다.

이와 같이 불교를 국교로 숭상하던 고려 때에는 물론, 숭유억불崇儒抑佛정책을 써왔던 조선 500년 동안에도 불경 간행은 꾸준히 이어져왔다. 그런데도 아직껏 일반대중은 불경하면 곧잘《팔만대장경》을 연상하여 무척 방대하고 어려워 근접하기가 힘든 것으로 알고 있다. 이러한 편견을 떨쳐버리기 위해서는 무엇보다도 읽기 쉽고 이해하기 쉬운 불서들을 저술하고 번역하는 것이 급선무라고 본다. 불교가 대중과 같이 호흡하기 위해서는 대중매체인 불교 잡지나 서적들이 대중 속에 깊이 파고들 수 있도록 엮어져야 한다. 그래야만 불서는 어떤 특수층만 보는 책, 일반 대중은 이해하기 힘든 책이라는 관념을 떨쳐버릴 수 있을 것이다.

나는 요사이 몇 권의 불교 입문서를 읽고 있는데, 어떤 책은 너무 난해하여 전혀 이해할 수 없는 책이 있는가 하면 어떤 책은 내용이 매우 쉽고 문장이 매끄러워 가슴 속에 찡하는 울림을 주는 책도 있다.

전에는 어렵게만 느껴졌던 《법화경》을 혜경 스님이 번역·해석한 《법화경 입문》을 대하면서 구름이 지나듯, 물이 흐르듯 막힘 없이 읽을 수 있었다.

이 경經은 능히 일체의 중생을 구하며, 이 경은 능히 일체의 중생으로 하여금 모든 괴로움을 없게 하며, 이 경은 능히 일체의 중생을 크게 이롭게 하여 그들이 원하는 바를 충만케 한다. 시원한 샘물이 능히 목마른 자의 목을 축여주는 것같이, 추운 자가 불을 얻은 것같이, 헐벗은 자가 옷을 얻은 것같이…… 횃불이 어둠을 없애는 것같이 이 《법화경》도 또한 이와 같아서 능히 중생으로 하여금 일체의 괴로움과 병듦과 아픔을 없게 하고 능히 생사의 얽힘을 끊어 풀어준다.

얼마나 쉬운 불경풀이인가. 새해에는 좋은 불서들이 많이 출간 되었으면 하는 기대를 해본다.

《월간 불교》, 1987. 1.

독자를 창출합시다

서점은 문화의 선도자요 문화마당이다. 특히 한국과 같이 박물관이나 미술관, 소극장 등이 각 지역에 산재되어 있지 않은 나라에는 그 지역의 문화공간으로서의 서점의 역활은 크다.

그런데 그 서점들이 번창하기보다 오히려 위축되고 있는 실정이다. 그러나 국가적으로도 정책적 배려는 하나도 없다.

지난 해 전체서점의 20%가 전·폐업하고 약 2%가 도산하였다는 통계는 그 경영의 심각성이 어떠한가를 단적으로 말해주고 있다.

그러나 서점육성책에 대한 국가의 정책적 배려가 없다고 하여 우리 출판 서점계가 수수방관만 하고 있을 수는 없다. 생존적 자구책을 강구해야 할 때라고 본다. 출판사와 서점은 공동체이며 한 맥이다. 서점은 출판문화의 마지막 보루다. 릴레이 경기에 있어서 마지막 주자走者다. 아무리 기획이 좋고 장정, 인쇄, 제본을 잘 한 책이라도 서점을 통하여 독자의 손에 들어가지 못한 책은 폐지다. 책의 탄생은 책이 만들어진 순간이 아니라 책이 독자의 손에 건네졌을 때 태어나는 것이다. 지금 얼마나 많은 책들이 책으로서의 역할을 하지 못하고 모태母胎 사망을 하고 있는가. 하루에도 무수한 책들이 출판사 창고에서 잠자고 있거나 서점에서 독자를 만나지 못하고 상처만을 안고 반품되어 돌아오고 있다.

이제 출판계가 책을 만들고 서점이 책을 진열하는 공간을 제공하는데 만족할 것이 아니라 독자의 손에 책을 안기는 운동에 나설 때 라고 본다. 각 출판사가 독자에 영합할 수 있는 좋은 기획도 중요하지만 만들어놓은 책을 독자에게 꾸준히 알리는 운동을 펼쳐야 한다. 도서목록과 신간안내서 등 자체 홍보물을 만들고 독서 클럽을 만들고 독후감 모집을 하고 적은 도서관 만들기 운동을 펼치고 서점에서 행하는 저자와의 대화, 싸인판매 등 각종 이벤트 행사에도 적극 참여하여야 한다.

또한 서점은 출판사가 만들어온 각종 신간안내물을 통해 독자에게 홍보하여야 한다. 또 컴퓨터에 의한 철저한 독자관리를 하여야 한다. 그래서 독서인구 저변확대를 위한 끊임없는 노력으로 독자를 서점으로 끌어들여야 한다.

10여 년 전의 일이다. 일본 규우슈九州 대학 앞에 있는 조그만 한 책방에 들렀을 때 대학노트에 깨알같이 적힌 주소록을 보면서 책방 주인과 손님이 주고 받는 대화를 관심 깊게 들은 적이 있다.

어느 중년부인이 주소가 바뀌었으니 새로운 주소로 정보지를 붙여달라는 것과 자기가 그동안 문학서 정보를 받아보았는데 앞으로는 역사서에 관한 정보를 알려달라는 부탁을 하고 문고 몇 권을 사들고 나가는 것을 보았다.

나도 책을 한 권 사면서 테이블 위에 놓인 대학노트에 성명, 주소, 직업, 취미, 비고난에 붉은색과 푸른색 볼펜으로 무엇인가가 가득 씌어 있는 독자관리 노트를 보면서 저렇게 고객을 관리하고 있구나 하는 충격적인 느낌을 받았다. 나에게도 명함을 주실 수 있느냐고 말을 걸어왔지만 나는 가볍게 한국인이라고 답한 후 그 서점을 나왔다.

나는 외국서점 순방을 가끔하면서 서점주변의 다방이나 레스토랑, 카페 등에 들리는 경우가 많다. 그럴 때면 어느 곳에든 손쉽게 책을 선전하는 팜플렛을 쉽게 접할 수가 있는 일본 도오쿄 간다神田 거리나 영국의 포일스 서점 거리, 프랑스의 프낙 서점과 아세트 서점 거리 근처에 있는 휴식처에는 많은 도서목록과 신간안내 팔플렛 등이 손님의 손이 닿기 용이한 곳에 놓여 있다. 책도 점잖게 앉아 "애함"하고 큰 기침하고 파는 상품이 아니다. 연주회나 연극의 관객을 끌어들이기 위해 입장권을 서점, 양품점, 심지어 음식점에서까지 팔고 있지 않은가. 이제 모든 서점이 도서관, 각급 학교, 관공서, 단골독자, 새로운 고객, 친인척, 학교 동창들의 명단들을 컴퓨터에 입력시켜두고 수시로 책에 관한 정보를 보내어 새로운 독자를 창출하는 데 우리 스스로 힘을 기울여야 할 때라고 본다.

이번 총선 때 각 당이 내어놓은 문화정책을 보아도 독서문화에 대한 정책은 찾아볼 수가 없다. 우리 출판서적계가 힘을 합하여 '서점금고' 창설 등 현안의 문제를 해결하는 데 중지를 모아야 할 때라고 본다.

《서점신문》, 1996. 3.

광주 개미시장

　호남선 열차를 탔다. 매년 이맘때는 한국고서연구회 회원들이 옛책을 구경하거나 사기 위해 지방 나들이를 한다.

　올해는 토요일 오후에 개미장이 선다는 빛고을 광주로 가기로 정하여 새벽밥을 먹고 기차를 탔다. 새마을호 등 급행열차를 타기보다는 쉬엄쉬엄 임시역도 거쳐가는 가장 느린 완행열차에 20여 명의 회원들이 마주보며 자리를 같이 했다.

　누렇게 여문 벼 이삭들이 고개를 축 늘어뜨리고 황금빛을 내뿜고 있다. 스치는 산과 동산의 숲들은 푸르름이 가시기 시작하고 산중턱 허리쯤에는 가끔 단풍색이 물들었다.

　점심 때가 무척 기운 시간에 광주역에 도착하였다. 시장기는 목에 찼는데 그 일미라는 K식당의 백반이 빨리 나오지 않는다. 목축임으로 맥주를 한두 잔 했다. 빈 속에 술이 들어가니 얼굴이 달아오른다.

　나오는 밥을 먹는 둥 마는 둥 마음이 바빠서 중앙초등학교 담벽에 좌판을 벌려놓고 있다는 개미시장으로 쫓아갔다. 회원의 성격따라 다르다. 차분한 사람은 꼼꼼이 이것 저것 살피며 책을 고르는데, 나와 같이 마음이 급한 사람은 우선 눈에 띄는 것만 훑어보고 앞질러 달린다. 2~30분 가니 벌써 끝이다. 책을 고르다 그 곁에 있는 민예품들에 마음을 또 잠깐씩 뺏긴다. 떡살, 등잔, 연적 그리고 짚으로 짠 망태기, 소쿠리 등이 헐찍할 것 같아 값을 물어보려다가"한 우물을 파라"는 자기 달램으로 입을 막는다.

　뒤돌아 시작하였던 곳으로 가는데, 일행 중 10여 명은 아직 반쯤도 오지 않았다. 서지학을 하는 Y교수가 한 아름의 전적을 사가지고 오면서 싱글벙글이다. 간기 발행날짜와 발행소가 적힌 고서를 대여섯 권 샀다는 것이다. 나는 한 권도 보지 못했는데 어떻게 그렇게 족집게처럼 찾아내었는지 도사는 도사다. 나는 일제시대와 해방 무렵의 책을 흥정하다가 값을 호되게 불러 값만 후려 깎고 사지 못했던 책을, B형은 흥정을 적당히 하여 모두 사버렸다. 나는 꿩도 놓치고 매도 놓친 격이 되었다. 나의 성급함과 비타협성을 탓해본들 버스 지난 다음에 손 흔들기다. 그래도 마음이 놓이지 않고 무엇인가 떨쳐버린 것 같은, 아니 누구도 찾지 못했던 횡재감이 있을 것이라는 미련 때문에 다시 한 번 돌아보았으나 오히려 홧김에 몇 권 산 책은 바가지를 쓴 결과를 낳고 말았다.

그러나 내 고향에 왔다는 흐뭇함 때문인지 또 한잔 걸친 술탓인지는 모르지만 여간 마음이 즐겁지 않았다. 아직 우리가 타고 갈 서울행 열차편 시간이 남았다고 하여 계림동에 있는 헌 책방을 찾아갔다.

서울에서 미리 연락을 해두었다는 J서점의 주인이 깊숙이 간직해두었던 고서뭉치를 내어놓았다. 그런데 그 값이 서울의 인사동이나 장안평보다 결코 헐값이 아니라 탱탱한 값이었다. 꼭 필요한 책 두어 권을 사고 돌아서는데 얼마면 사겠느냐고 흥정을 걸어왔지만"다시 오겠습니다."하고 발걸음을 재촉했다.

아직 저녁을 먹을 시간도 되지 않았고 점심을 늦게

먹어 뱃속은 가득한데 광주에서 제일 잘한다는 삼계탕을 먹고 가야 되지 않겠느냐는 토박이 광주 친구 때문에 또 방석을 깔고 앉아 삼계탕 한 그릇과 보해소주 몇 잔을 들이켰다. 술들이 들어가고 거나해지니, 자신들이 산 책을 방바닥에 펼쳐놓고 자랑들이 한참이다.

이승만 정권 때 형장의 이슬로 사라진 조봉암의 저서를 펼쳐놓고 얼마 전 고서경매전에 얼마에 나왔느니, 궁체본 한글소설을 값싸게 샀느니, 200년 넘은 자기 집안 족보를 오늘에 사 만났느니, 이야기 꽃은 그치지 않았다. 문밖에는 땅거미가 내리고 어지간히 떠들법석했는지 소리들도 가셨다.

우리는 몇 대의 택시에 분승을 하고 광주역에 달했다. 모두가 올망졸망한 짐들을 하나씩 들었다. 신문지에 노끈으로 꽁꽁 묶은 책뭉치, 검은 비닐 봉투에 책 끝이 뾰죽 나와 곧 쏟아질 것 같은 책보따리, 족보를 노끈으로 열십자로 묶어서 손가락으로 힘겹게 들리운 책묶음 등 가지가지의 짐꾸러미들을 어느 사람은 한 손에 어느 사람은 두 손 가득히 들고 개찰구 문을 통해 들어간다.

서울을 떠나올 때 미지의 세계를 향한 꿈부푼 울렁거

림이었다면 서울로 향하는 회원들은 하루의 여정에 퍽
이나 만족하고 있는 것 같다.

4폭민화를 산 B박사가 그것을 펼쳐놓고 자랑을 하자
옆자리에 앉았던 J회장이 산 값의 배를 줄 터이니 팔아
라 하고, 발행소와 발행연대가 인쇄되어 있는 200년쯤
된 불경을 헐값에 사서 책땡을 잡았다고 하자 그것을
넘겨달라고 조르는 고서광 Y형. 이 모두가 책과 책의
이야기로 장광설들을 늘어놓고 그 흥미로운 말들을 귀
담아 듣고 있자니 그 긴 시간이 어떻게 갔는지 벌써 서
울역에 도착했다. 시간은 열두 시 십 분 전. 아직도 아
쉬움이 있는지 헤어짐의 손잡음이 빨리 떨어지지 않는
다. 즐거운 나들이였다.

《고서연구》, 1995. 11.

책을 심는 마음

서울역에서 아침 8시발 부산행 새마을 열차를 탔다. 부산에서 열리는 부산·영남지구 서점인 간담회에 참석하기 위해서이다. 열차는 어느 선진국의 교통수단 못지않게 깨끗하다. 8시 정각에 열차는 출발했다. 차 안은 거의 빈틈없이 여객들로 채워져 있다. 조간신문과 스포츠신문을 보는 사람이 몇 사람 눈에 띄고 거의 대부분은 명상에 잠겼는지 눈을 감거나 창 밖을 보거나 환담들을 하고 있다.

가끔 해외여행을 나가 보면 그 나라 국민이 여행하는 동안 무엇을 하는가를 유심히 눈여겨본다. 일본 나리타 공항, 프랑스의 드골 공항, 독일의 프랑크푸르트 공항 등에서는 자기가 탈 비행기의 출발 시간을 기다리며 무료하게 먼 하늘을 쳐다보고 있기보다는 많은 사람들이 책을 읽고 있는 모습을 보게 된다. 일본의 신간선新幹線 열차여행이나 지하 전철 심지어 스위스의 알프스 등반 열차 속에서 마저도 책을 읽거나 수첩에 열심히 메모하는 진지한 모습들을 본다.

그러나 오늘 이 새마을호에 탄 승객 중 책을 읽는 모습은 단 한 사람도 볼 수가 없다.

우리에게는 그동안 선진국이란 개념이 오도되어왔다. 국민소득이 높은 나라, 국민 총생산이 많은 나라가 선진국이라 여겨왔다. 모든 것이 다 뒤지더라도 경제만 앞서면 선진국이 되는 것으로 알아왔다. 그래서 정치 · 문화 · 예술 · 복지 등은 뒷전에 두고 경제제일주의를 주창해왔다. 그런 나라꼴은 엉망이 되어갔다. 정신이 빠져버린 물질만능이 인간을 황폐화시키고 말았다.

사회 전반을 침식해가는 퇴폐, 거리낌없이 자행되고 있는 부정, 만신창이가 되어버린 사회적 윤리와 도덕, 어느 하나도 올바르게 진행되거나 성장되고 있는 것이 없다.

그 이유는 문화의 불모지이기 때문이다. 책을 읽고 지혜와 지식을 겸비한 사람이 사회 각층에서 지도자가 되어야 한다. 책을 읽고 양심과 양식이 있는 사람이 스승이 되어야 하고 사회를 이끌어나가는 중추적 역할을 해야 한다. 그러나 그동안 우리 사회는 한탕주의자들이 국가와 사회를 주도해왔다. 국가권력도 한탕으로 장악했고 경제도 한탕으로 거액을 잡았으며 사회도 한탕주의자들과 영합한 계층들이 윗머리에 앉았다.

그러나 이제 이러한 늪에서 빠져나와야 한다는 사회적 자각이 싹트기 시작했다. 아무리 국민소득이 높아도 문화성장이 병행되지 않은 아랍제국이 선진국이 될 수 없다는 것을 깨닫기 시작했다. 그래서 정부에 문화육성 부서인 문화부가 생겼고 문화예술육성 10개년 계획이 수립되었다.

지난 6월 18일 제주도 서귀포에서 열린 대한출판문화협회주최 제14회 출판경영자 세미나에서 김낙준 회장은 1993년을 책의 해로 지정해줄 것을 문화부장관에게 공식적으로 건의했다.

돌아오는 1993년은 세계 최초의 금속활자로서 이론異論의 여지가 없이 확고한 지위를 확보한 계미자癸未字를 주조하여 활용한 지 590주년이 되는 해며, 정부에서 박문국博文局을 설치하여 현대적인 연활자로 한성순보

漢城旬報를 발간한 1883년으로부터 110년이 되는 의의 있는 해이기도 하다.

그래서 대한출판문화협회는 6월 22일에 문화부에 93년을 책의 해로 지정해줄 것을 서면으로 건의하고, 곧 이어 대한출판문화협회 안에 책의 해 추진준비위원회를 구성하여 사업방향 등을 연구하고 그 필요성 등을 홍보하는 등 활동을 개시한 결과, 1992년 8월 26일 문화부가 93년을 책의 해로 확정 발표하기에 이르렀다.

이제 '93 책의 해 조직위원회'가 구성되고 돌아오는 1993년을 책을 잔치로 꾸려갈 준비가 진행되고 있다. 조직위원회에는 책의 해를 주관하는 대한출판문화협회를 비롯한 출판문화 관련단체와 출판계 관련인사들이 총망라되어 모든 사업추진의 결정기관으로 활동할 것이며 그 밑에 실행기구로 기획단, 사업단, 지원단이 조직되어 이 조직이 맡은 분야별로 사업을 실행해나갈 것이다.

책의 해가 지향할 기본방향은 첫째, 책의 재인식이다. 지금 책의 환경과 입지가 바뀌어가고 있다. 뉴미디어에 의해 주도되는 정보화사회는 책의 가치와 그 사용에 혁신적인 변화를 주고 있다. 이 변화 속에 인쇄매체인 책은 왜 중요한 것인가를 인식시켜나가는 것이다.

둘째, 도서전달체계의 사회적 확대다. 책의 창조와 수용은 사회제도 속에서 이루어진다. 이 점에서 출판은 어느 분야보다 낙후되어 있다. 책을 보다 많이 수용할 수 있게 하기 위해서는 서점, 공공도서관, 학교도서관, 북클럽, 독서프로그램 등의 다양한 거점과 채널이 창출되고 활성화되어야 한다.

셋째, 삶의 질을 높이기 위해 책의 질을 높여야 한다. 삶의 질은 물질적 상태를 의미하기보다는 정신적 상태와 감성적 만족을 느끼게 하는 데 있다. 인간적 삶을 충실하게 하고 그 느낌의 능력을 키워서 '좋은 책 읽기'의 참뜻을 깨닫게 한다. 책의 문화는 역사적으로 좋은 문화의 상징이다. 이 문화적 상징을 구체적으로 보여주는 작업을 한다. 이러한 바탕 위에 모든 문화장르를 위한 봉사도 하고 책을 통한 문화의 신장도 도모하며, 한국 출판의 국제화를 여는 계기도 만든다.

돌아오는 '93년 책의 해'에는 책을 도서관에, 마을문고에, 각 가정과 각자의 호주머니 속에 채우는 운동을 펴나갈 것이다. 그리고 책을 각자의 마음 속에 깊이깊이 심는 작업을 게을리 하지 않을 것이다.

《금성》, 1993. 1~2.

책의 종말은 오는가?

뿌리가 깊은 나무는 거센 바람에도 흔들리지 아니하고 꽃도 좋고 열매도 많이 여나니

샘이 깊은 물은 가뭄에도 마르지 않고 강물이 되고 바다에 이르나니…….

《용비어천가》제2장에 나오는 글이다.

출판사업이 어렵고 책이 팔리지 않는다고 한다. 학자들도 탈활자의 시대가 왔다고 단언하기도 한다. 영상매체를 비롯한 멀티미디어가 인쇄매체를 전부 잠식해가고 있다고 한다. 그러나 그렇게 쉽사리 활자의 시대, 책의 시대가 종말을 고할까.

우리 나라의 인쇄출판문화의 역사만도 1300여 년이

된다. 참으로 거목巨木의 연륜을 쌓은 역사를 가지고 있다. 어느 선진국보다 깊이 박힌 뿌리의 역사를 가지고 있다. 우리의 글인 한글의 역사만도 555년이나 된다. 어느 때는 가늘게 또 어느 때는 굵게, 그래도 끊어지지 않고 버텨왔다. 이 긴 세월 동안에 많은 책이 출간되었다. 그리고 그 책에 의하여 독자가 형성되고 그 독자의 전통이 면면히 흘러 내려오고 있다.

서기 751년경 《무구정광대다라니경》등 몇 권의 책으로부터 시작된 출판이 고려 시대를 거쳐 조선조에 이르러 강을 이루었고 1990년대에 와선 출판의 바다를 이루고 있다. 세계 출판 10대국 안에 진입하였다. 우리 한국 출판계는 뿌리 깊은 나무로의 흔들림과 샘이 깊은 물과 같이 마름이 없는 튼튼한 기반을 가지고 있다.

세상이 어수선해지고 사회적인 사건이 터지면 사람들은 민감하게 그쪽에 관심을 갖게 마련이다. 그럴 때면 출판은 그 관심의 중심에 들어서야 한다. 그리고 그 사건의 시발과 과정과 종말, 그리고 그 결과와 전망을 출판물로 담아서 세인의 관심을 출판물로 끌어들여 독자를 만들어야 한다.

우리는 흔히 새로운 매체에 독자를 빼앗긴다고 염려 하고 있다. 라디오가 나왔을 때, 영화가 나왔을 때, TV가 나왔을 때, 특히 컬러 영화와 TV가 나왔을 때, 출판은 죽고 책은 사라진다고 하였다. 그러나 새로운 매체가 나올 때마다 출판종수와 출판량은 늘어났다. 우리는 새로운 매체를 활용하여야 한다. TV에 신간소개를 하고 저자와의 대화, 문학인의 고향탐방, 명작순례 등 다양한 독서 프로그램을 방영하게 하고, CATV 같은 것은 출판인과 서점인이 공동으로 경영을 하면서 독서인구 저변확대를 시도하는 것이다. 그리고 카세트, 비디오 테이프, CD-ROM, CD-I 등 새로운 매체를 출판영역으로 끌어들여 출판을 더욱 활성화시키고 서점의 상권을 확대시키는 것이다. 또, 같은 인쇄매체인 신문사에게도 '도미노의 법칙'을 심어주는 것이다. 출판이 죽으면 신문도 죽는다는 공동운명체적인 연대의식을 갖게 하는 것이다.

어릴 때부터 활자매체인 책을 대하지 않은 사람은 커서도 신문을 보지 않는다. 아침에 일어나 신문을 찾기보다는 리모콘을 들고 TV 앞에 가 버튼을 누르게 된다. 그런 상황을 상상해보라.

신문은 휴지가 되고 신문사는 문을 닫게 된다. 그래서 외국 신문사는 독서운동을 끊임없이 전개하고 좋은 지면에 책광고를 할애하고 광고료는 다른 업종보다 싸게 한다. 우리 나라 신문들도 인쇄매체에 관심을 가지고 있지만 아직 위기의식을 느끼고 있는 것 같지는 않다. 일간 스포츠지가 그렇게 많은데도 종합일간지가 문화면보다 스포츠면을 더 할애하고 있으며, 일반 연예기사보다 출판기사가 훨씬 적다는 것은 구독층의 선호에 영합하면서 인쇄매체로서의 위기의식을 느끼고 있지 않다는 증거가 아닌가 본다. 신문들도 일 주일에 한 번, 두어 페이지 깔아주는 출판지면을 두세 배로 늘려야 하며 《문화일보》가 시도한 '북리뷰'와 같은 섹션화한 독립 묶음으로 만들어내야 한다. 인쇄매체인 신문과 출판이 죽지 않기 위해서는 방어보다는 공격적 자세를 취해야 한다.

출판사들도 남이 만들어놓은 독자에 영합하여 자사 책만을 팔 생각을 하지 말고 독서인구를 창출하는데 희생정신을 가져야 한다. 사보나 종합도서목록, 독서일기장, 독서명언집 등도 발간하고 독후감 모집도 시도하며 독서클럽도 운영하고 독자를 위한 사은잔치나

명작의 고향을 찾는 이벤트 사업도 다양하게 펼쳐야 하리라 본다.

그리고 출판인들부터 책을 사자. 출판인의 사무실이나 서재에 몇 권의 책이 꽂혔고, 또 한 달에 몇 권의 책을 사는지 한번 돌이켜 보자. 서점들도 광범위한 독자의 욕구를 충족시키기 위해 매장을 넓히고 구색을 갖추어 산뜻하고 밝은 디스플레이로 문화공간으로서 손색없는 광장이 되어야 한다.

이렇게 모두가 혼연일체가 되었을 때 바람에 흔들림 없는 튼튼한 독자, 물이 마르지 않는 꾸준한 독자가 계속 출판 서적계와 더불어 문화창달에 동참할 것이다.

유독 근자에 출판 서적계가 불황이라고 한다. 불황은 파도처럼 온다. 파도를 잘 극복하는 항해사는 잔잔한 바다를 맛볼 수 있지만, 서투른 항해사는 침몰하고 만다. 바다에 폭풍과 파도가 있기 때문에 노련하고 기지에 찬 항해사가 필요한 것이다. 불황과 사회적 소용돌이는 어느 때나 있기 마련이다. 태풍이 없는 곳은 나무도 없고 고기도 살지 못한다. 긴 여름 태풍이 오지 않으면 비가 오지 않아 모든 작물이 말라 죽는다.

출판 서적계에도 불황과 태풍은 올 수 있다. 그러나 단합과 슬기로 극복하여야 한다. 책판매에 적은 없다. 오직 동지가 있을 뿐이다.

《지구촌 冊 정보》, 1997. 4월호

출판 서적계에도 불황과 태풍은 올 수 있다. 그러나 단합과 슬기로 극복하여야 한다. 책판매에 적은 없다. 오직 동지가 있을 뿐이다.

배낭 속에 문고본을

문고본은 독서의 대중화를 이룩하는데 혁명적 기여를 했다. 활판인쇄술의 기계화가 제1의 출판혁명이라면 문고본의 출현은 출판의 제2혁명이었다. 1860년 미국의 남북전쟁 직전에 출현한 에러스터스 비들Erastus Beadle 문고본은 병사들의 단조로운 영내생활營內生活에 활력을 불어넣으면서 1만 부 이내의 도서판매시장을 5~6만 부의 도서시장으로 성장시켰다. 또한 1867년부터 발간한 독일의 레클람Reclam 문고본은 삭막한 게르만 민족의 정서를 문화민족으로 끌어올리는 데 크나큰 기여를 하였다.

세계적인 작가 토마스 만은 "레클람 문고의 도움을 받지 않았다는 독일인이나 그 정신적 자산이 이 문고와

관계가 없다는 독일인이 있다면 나는 그 사람을 알고 싶다."고까지 레클람 문고본이 독일인의 정신적 기틀이 되었음을 말해주고 있다. 또한 세계 2차대전 중에도 참호속의 병사들의 뒷주머니에는 필히 레클람 문고본이 들어 있었다는 사실은 1867년부터 1954년 사이의 87년 동안에 7,500종에 2억 7천 5백만 부를 발행했다는 사실만으로도 그를 증명할 수 있다.

동양에서 가장 문고본 출판을 활발히 하고 있는 일본은 문고본 출판의 역사가 그리 길지 않다. 1927년에 이와나미서점岩波書店의 이와나미 사장이 1920년대의 경제적 불황을 극복하는 방법으로 문고본 출판을 기획하였던 것이다. 이 문고본을 발간하면서 문고본 뒷켠에 쿨인 발간사는 명문장이었다. 미끼 기요시三木淸가 초하고 이와나미 사장이 수정하였다는《독서인에게 보내는 글》은 "진리는 만인에게 요구되기를 바라고 예술은 만인에게 애호되기를 스스로 요망한다.

지난날 백성을 우매하게 만들려고 학문과 예술이 좁은 곳에 폐쇄된 일이 있었다. 이제 지식과 아름다움을 특권층의 독점으로부터 빼앗아내는 것은 진취적인 민중의 절실한 요구다. 그것은 생명이 있는 불휴의 책을 소수자의 서재와 연구실에서 해방시켜 가두로, 아니 민중의 대열에 서게 할 것이다.”로 이어져나가고 있다.

이와나미서점은 1927년부터 1987년의 60년 동안에 문고본을 4,360종에 3억 부를 발간하였는데 제일 많이 팔린 문고본은 1927년부터 발간한 《소크라테스의 변명》으로 120만 부를 발행하였다고 한다.

우리 나라도 옛부터 도포자락 속에 넣고 다니면서 수시로 꺼내어보았던 수진본袖珍本이란 소형책자가 있었다. 그리고 개화기 이후 신식연활자로 찍어낸 문고본도 있었다. 1913년에 육당 최남선이 경영하던 신문관에서 발행한 《육전소설六錢小說》이란 문고본이 있었고, 1938년에는 학예사에서 발행한 《조선문고》가 있었다. 당시는 일제치하라 출판의 자유가 말살되고 우리 글조차 자유롭지 못해던 시절에 독서의 대중화를 위한 문고본 출판은 민족독립운동의 일환으로 볼 수 있었다.

《조선문고》간행사에 “조선문고는 낡고 비양심적인 수습을 타파하고 내외의 가치 있는 서책, 소수자의 서책, 도서관·서고·연구실 혹은 비싼 가격으로부터 해방하여 서책과 지식을 구하는 모든 사람과 함께함을 사명으로 하여 조선에 있어서 진정한 서적 해방의 제일보를 삼고져 간행하는 것이다."라고 표명하였다. 《조선문고》에 이어 이듬해인 1939년에 발간하기 시작한 《박문문고》는 간행요지를

  —《박문문고》는 동서고금의 모든 고전과 양서를 망라하여 간행한다.

  —《박문문고》는 보급을 첫째로 삼고 간행하는 염가본이다.

  —《박문문고》는 희망하는 책을 손쉽게 살 수 있도록 작은 책속에 많은 내용을 실도록 힘썼다.

  —《박문문고》는 인쇄의 선명, 교정의 정확, 제본의 견고함을 자랑삼고자 최선을 다한다.

이렇게 문고본의 특성을 상세히 열거하고 있다.

문고본이란 값싼 가격과 휴대의 간편함과 대량생산에 대량보급이란 특성과 독서인구의 저변확대와 지식의 대중화를 꾀할 수 있는 효과를 갖고 있다. 이러한 좋은 장점을 가지고 있는 문고본 보급이 우리 나라는 오랜 역사를 가지고 있으면서도 문고본 출판이 성공하지 못하는 이유가 어디에 있을까 하는 의문을 제기해본다.

가끔 외국에 나가서 서점을 둘러본다. 서점입구 가까이 가장 독자가 빈번하게 드나드는 곳에 꼭 문고본 진열대가 있다. 나는 서점 점원에게 가장 값싸고 매출액 신장에 도움이 되지 않는 문고본을 가장 값진 장소에 둘 수 있느냐고 물어본다. 그러면 그들은 의아해하면서 "문고본은 책의 길잡이이며, 책의 숲으로 들어가는 입구"라고 한다.

독자들이 숱한 문고본을 가벼운 마음으로 만지다가 한두 권 사기도 하고 그 후 단행본을 사기도 하고, 그런 다음 고가물이나 전집 등을 사게 된다는 것이다. 그리고 서점을 두루 둘러보고는 마땅한 책이 없으면 서점을 나가면서 출입구쪽 서가에 꽂힌 문고본 한두 권이라도 사가지고 간다는 것이다. 또한 선진국에서는 슈퍼마켓이나 문방구, 약국, 신문가두판매장 같은 곳에서도 문고본을 진열해놓고 팔고 있다.

문고본은 그들에게는 생활용품의 한 부분일 뿐만 아니라 신문이나 잡지처럼 여행길에 읽고 버리는 소비제로써의 출판물 역할도 하고 있다. 그러나 한국에서의 서점들이 출판물 중에서 가장 꺼리는 것이 문고본이다. 진열해 놓은 면적만큼 매상고를 올려주지 않는다는 것이다. 단행본 한 권을 팔면 6~7천 원인데, 문고본 한 권에 1~2천 원이니 문고본 서너 권을 팔아야 단행본 한 권 값인데 손도 많이가고 한정된 구매자에게 가능하던 고가의 책을 팔아야 경영 합리화가 된다고 생각하는 것이다.

한국 서점에는 거의 문고본 서가가 없다. 대형서점에서도 모퉁이에 초라한 대접을 받고 있는 것이 현실이다. 그리고 문고본에 대해서는 신문이나 잡지, TV 등에서 신간소개를 거의 해주지 않는다. 뉴욕타임스의 북리뷰나 일본의 아사히朝日신문 등 유수한 신문들이 오히려 단행본보다 문고본 신간소개에 비중을 두는 것을 보면 문고본이 얼마나 독서인구 저변확대에 기여하고 있는가를 증명하고 있는 것이다.

사람들은 책을 구입하는 데 대부분 충동구매에 의한다고 한다. 신문이나 잡지광고나 서평을 읽고가 33.8%, 서점을 지나거나 들렀을 때가 29.9%라는 통계가 나와 있다. 그런데 한국의 현실은 어느 하나도 문고본을 사는데 충동을 주는 요소를 배제하고 있다.

요사히 대여점에 독자를 많이 빼앗기고 있다고 한다. 책을 빌려보는 독자를 책을 사는 독자로 끌어들이는 슬

기로운 방법도 문고본이다. 또 새로운 매체의 홍수 속
에서 책의 출판이 죽어가고 있다고 한다. 그러한 소용
돌이 속에서 책을 살리고 책의 영역을 지켜가는 수문장
이 또한 문고본이다. 이제 여름 휴가가 돌아온다. 배낭
을 메고 여행하기에 알맞은 계절이다. 배낭 속에 가벼
운 문고본 한 권쯤 넣고 다니는 지성이 아쉽다.

《불교수랑》, 1997. 6.

▨ 연보

1935년	12월 27일 일본 고베神戸 출생
1942년	3월 일본 사가미하라相模原 오노大野 초등학교 입학
1948년	2월 여수 서초등학교 졸업
1954년	2월 순천농림중·고등학교(현 국립순천대학교 전신) 졸업
1956년	10월 도서출판 창평사에서 발간한 월간 《신세계》 기자
1957년	3월 월간 《고시계》 편집장 대리
1958년	8월, 육군에 입대
1961년	3월 민주당 당보 《민주정치》 기자
1960년	1월, 학도병 귀후 조치로 제대
1962년	4월 고서점 삼우당 경영
1963년	2월 동국대학교 법정대학 법학과 졸업
1966년	8월 도서출판 범우사 창업, 대표(현재)
1967년	10월, 월간 《신세계》 주간.
1970년	4월, 월간 《다리》 주간.

1971년　2월 월간 《다리》 필화 사건으로 투옥징역 (2년 자격정지 2년 구형)

11월 한국잡지협회 이사

1972년　7월, 국제앰네스티 한국위원회로부터 감사패 받음(이사장 김재준)

12월 《수필문학》에 수필 〈콩과 액운〉으로 등단

1974년　1월 한국문인협회 회원(현재)

4월 국제 앰네스티 한국위원회 재무이사

5월 월간 《다리》 필화 사건 대법원에서 무죄 확정

1975년　9월 고려대학교 경영대학원 수료(경영진단사)

1979년　12월 수필집 《사노라면 잊을 날이》1979. 12. 25

1980년　2월 한국출판금고 감사·이사

1981년　2월 제21회 한국출판문화상 수상

1982년　2월 중앙도서전시관 운영위원장

3월 한국도서유통협의회 회장

문화공보부장관 표창

12월 법무부장관 표창

1983년　10월 수필집 《넓고 넓은 바닷가에》 발행

1984년　2월 중앙대학교 신문방송대학원출판잡지 전공 수료(문학석사)

9월 중앙대학교 신문방송대학원 출판잡지 전공 강사(7개년)

10월 제1회 국제출판학술대회 개최 주도

1986년 3월 중앙대학교 예술대학 문예창작과 강사(2개년)

6월 한국출판연구소 이사(6개년) - 연구소 설립을 제안함

1987년 9월 민족문학작가회의 창립회원

1988년 1월 《일본출판물유통》 발행

6월 한국출판협동조합 이사장

10월 대통령 표창

1989년 제12회 한국출판학회 저술상 수상

5월 애서가상 수상

7월 한국출판학회 회장

9월 동국대학교 정보산업대학원 강사

1990년 1월 한국서지학회 이사

3월 경희대학교 신문방송대학원 강사

7월 한국언론학회 이사

9월 월간 《역사산책》 발행인

수필집 《책의 길 나의 길》

11월 국립중앙도서관 한국문헌번호 운영심의회 위원

1991년 3월 현대수필문학상 수상

9월 범우출판장학회 설립(현재)

중앙대학교 신문방송대학원 객원교수(10년)

12월 제33회 한국출판문화상 수상

1992년　3월 월간 《책과인생》 발행인(현재)

7월 '93 책의 해 제정준비위원회 위원장

10월 제41회 서울시 문화상 수상

1993년　8월 수필집 미니북 《책》 발행

9월 서강대학교 언론대학원 강사

1994년　2월 제34회 한국출판문화상 수상

4월 제8회 동국문학상 수상

1995년　2월 제35회 한국출판문화상 수상

5월 국민훈장 석류장 수훈

7월 수필집 《아버지의 山 어머니의 바다》

8월 수필집 《在遼闊的海邊》, 《넓고 넓은 바닷가에》의

중국어판 (東方出版社) 발행, 1995. 8

한국서점조합 연합회 표창

12월 수필집 《잠보 잠보 안녕》

1996년　5월 동국 90년 자랑스런 90인 선정(동국대 개교 90주년)

6월 한국고서연구회 회장

1997년　3월 계간 《한국문학평론》 발행인

연세대학교 언론홍보대학원 강사

6월 순농·순천대학교 총동창회 장한동문상 수상

9월 《눈으로 보는 책의 역사》, 인쇄문화상 수상

12월 수필집 《책이 좋아 책하고 사네》 발행

1998년 3월 대한산악연맹 부회장

1999년 1월 마르퀴스 후즈후사의 세계인명사전《Marquis
Who's Who in the World》(1999년판)에 출판인이자 교
육가로서 현대사회의 개선에 기여한 인물로 등재
2월 사단법인 정보환경연구원 이사장(6개년)
성재 이동휘선생기념사업회 창립이사
9월 문화연대 공동대표

2000년 한글날국경일제정 범국민추진위원회 부위원장
6월 새천년 새희망 세계 7대륙 최고봉 원정대의 단장으
로 아프리카 대륙 최고봉 킬리만자로에 등정
10월 자랑스런 여수인상 수상
11월 간행물윤리위원회 윤리대상 수상

2001년 2월 한글날 국경일 제정 범국민추진위원회 부위원장
4월 21세기의 훌륭한 지도자 및 위대한 아시아 500인
에 배런스 후즈후사가 펴내는 세계적인 인명사전《500
Great Asians》(2001년판)에 등재
5월 국립순천대학교에 〈범우윤형두문고〉 개설
7월 문화의 날 보관문화훈장 수훈, 펜클럽 국제회원 등록
10월 국립중앙도서관 귀중자료지정심의위원
12월 중국 상해 대한민국 임시정부 청사에 〈범우사문고〉
개설

2002년   4월《한국 출판의 허와 실》발행

5월 국립순천대학교 명예 출판학 박사 학위 취득

8월 수필집《연처럼》(선우미디어, 2002. 8. 20) 발행

9월 한·중 문화교류에 이바지한 공로로 〈제1회 편집출판학 국제교류상〉 수상(중국편집학회)

2003년   1월 수필집《산사랑, 책사랑, 나라사랑》(2003. 1. 20) 발행

4월 비블리오테크 월드 와이드(BWW)사에서 펴내는 세계 인명사전《Profiles in Excellence》(2003년판)에 출판 경영과 한국 출판학 분야에서 괄목할 만한 업적을 이룬 인물로 등재

7월 정동로타리클럽 회장

8월《옛 책의 한글판본》발행

12월 '범우출판문화재단' 설립

2004년   4월《한 출판인의 중국 나들이》(2004. 4. 10) 발행

6월 인도 뉴델리의 리파시멘토 인터내셔널사가 발행하는《아시아 위인들의 인명사전Reference Asia:Asia's Who's Who》(2004년판 제1권)에 한국 출판계에서 큰 업적을 이룬 인물로 등재

2005년   7월 '6·15 공동선언 실천을 위한 민족작가대회'에 참석차 평양 방문

8월《한 출판인의 일본 나들이》발행

10월 베를린 자유대학과 범우출판문화재단 공동 주최
의 〈한·독 출판통일정책 세미나〉 주관

2006년 1월 수필집《지나온 세월 속의 편린들》(2006. 1. 15)
3월 (재)한국출판문화진흥재단 이사장
5월 수필집《一位 韓國出版家的 中國之旅—尹炯斗日
記》《한 출판인의 중국 나들이》의 중국어판 (北京 人民出
版社) 발행, 2006. 5. 15
10월《ある出版人の日本紀行》《한 출판인의 일본 나들
이》의 일본어판 (出版ニュース社) 발행, 2006. 10. 25

2007년 9월《옛 책의 한글판본 II》발행

2008년 5월 15일 국립순천대학교에서 '자랑스러운 순천대인' 상
을 수상
7월《한국 출판미디어의 제문제》발행

2009년 2월 재범우출판문화재단 이사장
3월 9일 국제펜클럽 한국본부 자문위원, 10일 한국출
판인회의 자문위원
미국 '영예의 전당' 메달을 수여받음
6월 국제인명센터IBC에 의해 '21세기를 대표하는 2,000
명의 지식인' 중 한 명으로 선정
10월《5사상 29방》(좋은수필사) 발행, 2009. 10. 15

2010년 1월 수필집《한 출판인의 여정일기》발행

출판 및 교육 분야에서의 탁월한 업적과 그 공로를 인정받아 2010년 《월드판 후즈후Who's Who in the World》에 네 번째로 등재

제50회 한국출판문화상 (백상특별상)을 수상

2011년 2월 22일 제47대 대한출판문화협회 회장

5월 국립순천대학교에 기증해온 도서들의 목록 ②~④권이 합본으로 발간(10년간 총 기증도서 20,504책)

9월 자전적 수필집 《한 출판인의 자화상》 제1판 발간

2012년 1월 세계인명사전 〈마르퀴스 후즈후Marquis Who's Who in the World〉(2012년판)에 출판 및 교육분야에서의 탁월한 업적을 인정받아 여섯 번째 등재

2월 출판분야에서 훌륭한 업적을 남기고 오랫동안 두드러진 활동과 공로로 세계 3대 인명사전 중 하나인 ABI사 〈21세기 비저너리 어워드〉 상패와 〈세계 명예의 전당 World hall of Fame〉 명패 수령

6월 영국의 인명기관 IBC가 주최하는 〈국제 예술·과학·정보통신회의〉에서 '평생공로상' 수상

8월 《한 출판인의 자화상》 중국어판(북경인민대학출판사) 발간

11월 《한 출판인의 자화상》이 문화체육관광부 우수교양도서로 선정됨

수필집 《넓고 넓은 바닷가에》가 호주 멜버른에서 영문
판으로 발간됨 (《Yearning for the Ocean》 김용섭 옮김, 우
주평화출판사, 정가 $30.00)

2013년 2월 세계인명사전 〈마르퀴스 후즈후Marquis Who's
Who in the World〉(2013년판)에 출판 및 교육분야에서
탁월한 업적과 공로를 인정받아 일곱 번째로 등재(1999,
2008, 2009, 2010, 2011, 2012, 2013)

3월 국립순천대 중앙도서관에서 〈범우 윤형두 문고〉 리
모델링을 마치고 '윤형두 문고 환경개선 및 클라우드 프
린팅 시스템' 오픈 기념식에 참석

4월 충남3농 혁신정책제안 워크숍에 참석하여 3농(농어
업, 농어촌, 농어업인)을 구체적이고 균형있게 발전시키기
위한 방안 토론

4월 10일 수필가로서의 역량과 출판계에 기여한 업적을
인정받아 IBC로부터 '명예문학박사' 수여받음

5월 사단법인 국제펜PEN 한국본부 고문으로 추대받음
한글박물관 개관준비위원회 위원으로 선임

6월 서울국제도서전 조직위원회 위원장(출판협회 회장)
자격으로 개막식 행사 참석. 박근혜 대통령 참석에 대
한 환영사 낭독

7월 일본도쿄 국제도서전에 주제국조직위원회 위원장으

로 참석, 주제국 행사 주관. 한국관에서 아키히토 일왕 차남 아키시노 노미야 왕자부부 축하를 받다

10월 제31회 한국과학기술단체총연합회 특별상 수상 출판경영 및 출판학에 기여한 공로로 IBC주최 〈국제 예술, 과학, 정보통신회의〉에서 '국제공로훈장' 수상

2014년   1월 세계인명사전 〈마르퀴스 후즈후Marquis Who's Who in the World〉(2014년판)에 출판 및 교육 분야에서 탁월한 업적과 공로를 인정받아 여덟번째로 등재

2월 출판문화협회 제67차 정기총회에서 "그동안 회원여러분의 각별한 애정과 성원에 거듭 감사드린다"고 인사 드린 후 3년 임기 마치고 퇴임

3월 국립순천대학교(총장 송영무)로부터 "평소 발전기금 기탁과 도서기증으로 대학발전에 기여한 공로"로 감사패 받음

6월 출판 및 출판경영에서의 성취를 높게 평가받아 〈제1회 아시아-태평양 스티비 어워드Asia-Pacific Stevie Awards 두 개 부문 금상 수상

10월 제11회 순천문학상 수상

2015년   3월 국립순천대학교에 국보급 유물인 초조대장경과 재조대장경 인쇄본 기증

7월 범우출판문화재단 이사장으로 중국 연변대에서 개

최한 해외세미나 〈남북한 출판 교류를 위한 과제와 전
망〉 주관.

책이 좋아 책하고 사네

초판 1쇄 발행 / 1997년 12월 20일
초판 4쇄 발행 / 1998년 12월 26일
2판 1쇄 발행 / 2003년 3월 10일
3판 1쇄 발행 / 2010년 11월 25일
4판 1쇄 발행 / 2018년 6월 5일

지은이　　윤형두
펴낸이　　윤형두
펴낸데　　범우사

등록번호　　제406-2003-000048호
등록일자　　1966년 8월 3일
주소　　　　10881 경기도 파주시 광인사길 9-13 문발동
전화　　　　031955-6900~4, 팩스 031955-6905

잘못된 책은 바꾸어 드립니다.　　　　교정·편집 : 김영석
ISBN 978-89-08-06136-7 04810　　홈페이지 www.bumwoosa.co.kr
　　　978-89-08-06000-5 세트　　　이메일 bumwoosa1966@naver.com

1 수필 피천득
2 무소유 법정
3 바다의 침묵(외) 베르코르/조규철 · 이정림
4 살며 생각하며 미우라 아야코/진웅기
5 오, 고독이여 F.니체/최혁순
6 어린 왕자 A생 텍쥐페리/이정림
7 톨스토이 인생론 L.톨스토이/박형규
8 이 조용한 시간에 김우종
9 시지프의 신화 A카뮈/이정림
10 목마른 계절 전혜린
11 젊은이여 인생을… A모르아/방곤
12 채근담 홍자성/최현
13 무진기행 김승옥
14 공자의 생애 최현 엮음
15 고독한 당신을 위하여 L.린저/곽복록
16 김소월 시집 김소월
17 장자 장자/허세욱
18 예언자 K지브란/유제하
19 윤동주 시집 윤동주
20 명정 40년 변영로
21 산사에 심은 뜻은 이청담
22 날개 이상
23 메밀꽃 필 무렵 이효석
24 애정은 기도처럼 이영도
25 이브의 천형 김남조
26 탈무드 M토케이어/정진태
27 노자도덕경 노자/황병국
28 갈매기의 꿈 R바크/김진욱
29 우정론 A보나르/이정림
30 명상록 M아우렐리우스/황문수
31 젊은 여성을 위한 인생론 P.벅/김진욱
32 B사감과 러브레터 현진건
33 조병화 시집 조병화
34 느티의 일월 모윤숙
35 로렌스의 성과 사랑 D.H.로렌스/이성호
36 박인환 시집 박인환
37 모래톱 이야기 김정한
38 창문 김태길
39 방랑 H.헤세/홍경호
40 손자병법 손무/황병국
41 소설 · 알렉산드리아 이병주
42 전락 A카뮈/이정림
43 사노라면 잊을 날이 윤형두

44 김삿갓 시집 김병연/황병국
45 소크라테스의 변명(외) 플라톤/최현
46 서정주 시집 서정주
47 사람은 무엇으로 사는가 톨스토이/김진욱
48 불가능은 없다 R.슐러/박호순
49 바다의 선물 A.린드버그/신상웅
50 잠 못 이루는 밤을 위하여 힐티/홍경호
51 딸깍발이 이희승
52 몽테뉴 수상록 M.몽테뉴/손석린
53 박재삼 시집 박재삼
54 노인과 바다 E.헤밍웨이/김회진
55 향연 · 뤼시스 플라톤/최현
56 젊은 시인에게 보내는 편지 릴케/홍경호
57 피천득 시집 피천득
58 아버지의 뒷모습(외) 주자청/허세욱(외)
59 현대의 신 N.쿠치키(편)/진철승
60 별 · 마지막 수업 A.도데/정봉구
61 인생의 선용 J.러보크/한영환
62 브람스를 좋아하세요… F.사강/이정림
63 이동주 시집 이동주
64 고독한 산보자의 꿈 J.루소/염기용
65 파이돈 플라톤/최현
66 백장미의 수기 I.숄/홍경호
67 소년 시절 H.헤세/홍경호
68 어떤 사람이기에 김동길
69 가난한 밤의 산책 C.힐티/송영택
70 근원수필 김용준
71 이방인 A.카뮈/이정림
72 롱펠로 시집 H.롱펠로/윤삼하
73 명사십리 한용운
74 왼손잡이 여인 P.한트케/홍경호
75 시민의 반항 H.소로/황문수
76 민중조선사 전석담
77 동문서답 조지훈
78 프로타고라스 플라톤/최현
79 표본실의 청개구리 염상섭
80 문주반생기 양주동
81 신조선혁명론 박열/서석연
82 조선과 예술 야나기 무네요시/박재삼
83 중국혁명론 모택동(외)/박광종 엮음
84 탈출기 최서해
85 바보네 가게 박연구
86 도왜실기 김구/엄항섭 엮음

87 슬픔이여 안녕 F.사강/이정림 · 방곤
88 공산당 선언 마르크스 · 엥겔스/서석연
89 조선문학사 이명선
90 권태 이상
91 내 마음속의 그들 한승헌
92 노동자강령 F.라살레/서석연
93 장씨 일가 유주현
94 백설부 김진섭
95 에코스파즘 A.토플러/김진욱
96 가난한 농민에게 바란다 레닌/이정일
97 고리키 단편선 M.고리키/김영국
98 러시아의 조선침략사 송정환
99 기재기이 신광한/박헌순
100 홍경래전 이명선
101 인간만사 새옹지마 리영희
102 청춘을 불사르고 김일엽
103 모범경작생(외) 박영준
104 방망이 깎던 노인 윤오영
105 찰스 램 수필선 C.램/양병석
106 구도자 고은
107 표해록 장한철/정병욱
108 월광곡 홍난파
109 무서록 이태준
110 나생문(외) 아쿠타가와 류노스케/진웅기
111 해변의 시 김동석
112 발자크와 스탕달의 예술논쟁 김진욱
113 파한집 이인로/이상보
114 역사소품 곽말약/김승일
115 체스 · 아내의 불안 S.츠바이크/오영옥
116 복덕방 이태준
117 실천론(외) 모택동/김승일
118 순오지 홍만종/전규태
119 직업으로서의 학문 · 정치 베버/김진욱(외)
120 요재지이 포송령/진기환
121 한설야 단편선 한설야
122 쇼펜하우어 수상록 쇼펜하우어/최혁순
123 유태인의 성공법 M.토케이어/진웅기
124 레디메이드 인생 채만식
125 인물 삼국지 모리야 히로시/김승일
126 한글 명심보감 장기근 옮김
127 조선문화사서설 모리스 쿠랑/김수경
128 역옹패설 이제현/이상보
129 문장강화 이태준